谢谢你关心我的身体。

文学书简

孙犁 散文新编

孙犁 著

人民文学出版社

图书在版编目（CIP）数据

文学书简 / 孙犁著. —— 北京：人民文学出版社，2024
（孙犁散文新编）
ISBN 978-7-02-018019-6

Ⅰ.①文… Ⅱ.①孙… Ⅲ.①散文集-中国-当代 Ⅳ.①I267

中国国家版本馆CIP数据核字（2023）第096691号

责任编辑	杜　丽　陈　悦
装帧设计	刘　静
责任印制	苏文强

出版发行	人民文学出版社
社　　址	北京市朝内大街166号
邮政编码	100705
印　　刷	北京新华印刷有限公司
经　　销	全国新华书店等
字　　数	190千字
开　　本	787毫米×1092毫米　1/32
印　　张	12.875　插页2
印　　数	1—3000
版　　次	2024年1月北京第1版
印　　次	2024年1月第1次印刷
书　　号	978-7-02-018019-6
定　　价	69.00元

如有印装质量问题，请与本社图书销售中心调换。电话：010－65233595

孙 犁（1913–2002）

原名孙树勋，曾用笔名芸夫，河北省安平县孙遥城村人。早年毕业于保定育德中学，曾在北平短期谋生，后任安新县同口镇小学教师。抗日战争爆发后加入中国共产党领导的革命队伍，任职于华北联大、《晋察冀日报》，从事文学创作和抗日宣传工作。1944年到延安，在鲁迅艺术文学院担任教员。1945年在《解放日报》发表短篇小说《荷花淀》《芦花荡》等，受到文坛瞩目，并被誉为"荷花淀派"的创始人。新中国成立后在《天津日报》社工作直至离休。其早期作品清新、明丽，代表作有《白洋淀纪事》《铁木前传》《风云初记》；晚年作品则平淡、深沉、隽永，结集为"耕堂劫后十种"。2004年，人民文学出版社出版11卷本《孙犁全集》。

目　录

书信（代序）____001

第一辑

致田间（六封）____003

致康濯（三十封）____013

致王林（七封）____073

致葛文（两封）____083

致徐光耀（十九封）____087

致陈乔（三封）____110

致吕剑（三封）____113

致李克明（两封）____117

致丁玲（一封）____120

致张根生（一封）____123

致周骥良（一封）____125

致李凖（一封）____127

致潘之汀（两封）____129

致康迈千（一封）____131

致张志民（两封）____133

致钱丹辉（一封）____135

致戈焰（一封）____136

致李之琏（一封）____137

致魏巍（一封）____139

致邢海潮（十二封）____140

致鲁承宗（六封）____153

致梁斌（一封）____159

致柳溪（一封）____160

第二辑

致冉淮舟（二十四封）____165

致韩映山（十八封）____205

致任彦芳（一封）____228

致阿凤（一封）____229

致郭志刚（两封）____231

致阎纲（三封）____236

致张学正（一封）____245

致铁凝（七封）____246

致傅瑛（四封）____261

致阎豫昌（一封）____266

致刘心武（一封）____268

致俞天白（一封）____270

致鲍昌（一封）____272

致贾平凹（四封）____275

致宫玺（一封）____284

致佳峻（一封）____286

致李贯通（三封）____294

致吴泰昌（一封）____306

致房树民（两封）____308

致杨栋（五封）____311

致谌容（一封）____317

致杨振喜（一封）____322

致周尊攘（一封）____324

致李永生（一封）____326

致侯军（两封）____328

致卫建民（两封）____332

致邓基平（四封）____336

致曾镇南（两封）____340

致刘宗武（一封）____343

致段华（一封）____345

致周翼南（一封）____347

致肖复兴（两封）____349

致彭荆风（一封）____353

致刘运峰（一封）____355

第三辑

致李蒙英（一封）____359

致李屏锦（两封）____361

致姜德明（五封）____363

致曾秀苍（一封）____371

致张雪杉（一封）____373

致马秀华（一封）____375

致冯立三（一封）____377

致何流（一封）____379

致万振环（四封）____381

致季涤尘（一封）____386

致单三娅（一封）____388

致杨坚（一封）____390

致刘梦岚（一封）____392

致黄伟经（一封）____394

致邹明（一封）____395

致罗雪村（一封）____397

致刘绍棠（一封）____398

书 信(代序)

自古以来书信作为一种文体，常常编入作家们的文集之中。书与信字相连，可知这一文体的严肃性。它的主要特点，是传达一种真实的信息。

古代的历史著作，也常常把一个人物的重要信件，编入他的传记之内。

古代，书信的名号很多，有上书，有启，有笺，有书……各有讲究。昭明文选用了几卷的篇幅收录了这些文章。历代文学总集，也无不如此。

如此说来，书信一体，实在是不可玩忽的一种文学读物了。过去书市中也有供人学习应酬文字的尺牍大观，那当然不在此列。

在中学读书时，我读过一本高语罕编的"白话书信"，内容已经记不清。还读过一本"八贤手札"，则是清朝咸同时期，镇压太平天国的那些大人物的往来信札，内容也记不清了。只记得那些信的称呼，很复杂也很难懂。

书信这一文体，我可以说是幼而习之的。在外面读书做事，总是要给家中写信的。所用的文字当然是解放了的白话。这些家信无非是报告平安，没有什么特殊的内容。经过几次变乱，可以说是只字不存了。

在保定读书时，我认识了本城一个女孩子，她家住在白衣庵一个大杂院里。我每星期总要给她写一封信，用的都是时兴的粉色布纹纸信封。我的信写得都很长，不知道从哪里来的那么多热情的话。她家生活很困难，我有时还在信里给她附一些寄回信的邮票。但她常常接不到我寄给她的信，却常常听到邮递员对她说的一些不三不四的话。我并不了解她的家庭，我曾几次在那个大杂院的门口徘徊，终于没有进去。我也曾到邮政局的无法投递的信柜里去寻找，也见不到失落的信件。我估计一定是邮递员搞的鬼。我忘记我给她写了多少封信，信里尽倾诉了什么感情。她也不会保存这些信。至于她的命运，她的生存，已经过去五十年，就更难推测了。

在晋察冀边区工作，我曾给通讯员和文学爱好者，写过不少信，文字很长，数量很大，但现在一封也找不到了。

一九四四年秋天，我在延安窑洞里，用从笔记本撕下的一片纸，写了一封万金家书。我离家已经六七年了，听人说父亲健康情况不好，长子不幸夭折，我心里很沉重。家乡还被敌人占据着，寄信很危险。但我实在控制不住对家庭的思念，我在这片白纸的正面，给父亲写了一封短信；在背面，给妻子写了几句话。她不认识字，父亲会念给她听。

这封信我先寄给在晋察冀工作的周小舟同志，烦他转交我的家中。一九四六年，我回到家里，妻子告诉我，收到了这封信。在一家人正要吃午饭的时候收到的这封信，父亲站在屋门口念了，一家人都哭了。我很感谢我们的交通站和周小舟同志，我不知道千里迢迢，关山阻隔，敌人封锁得那么紧，他们怎样把这封信送到了我的家。

这封信的内容，我是记得的，它的每句话都是有用的，有千斤重量的，也没保存下来。

一九七〇年十月起，至一九七二年四月，经人介绍，我与远在江西的一位女同志通信。发信频繁，一天一封，或两天一封或一天两封。查记录：一九七一年八月，我寄出去的信，已达一百一十二封。信，本来保存得很好，并由我装订成册，共为五册。后因变故，我都用来生火炉了。

这些信件，真实地记录了我那几年动荡不安的生活，无法倾诉的悲愤，以及只能向尚未见面的近似虚无缥缈的异性表露的内心。一旦毁弃了是很可惜的，但当时也只有这样付之一炬，心里才觉得干净。潮水一样的感情，几乎是无目的地倾泻而去，现在已经无法解释了。

自从"文化大革命"开始，断绝了写作的机会，从与她通讯，才又开始了我的文字生活，这是可以纪念的。这些信，训练了我久已放下了的笔，使我后来能够写文章时，手和脑并没有完全生疏、迟钝。这也可以说是失之东隅，收之桑榆吧。至于解放前后，我写给朋友们的信件，经过"文化大革命"，已所剩无几。

这很难怪，我向来也不大保存朋友们的来信，但在"文化大革命"以前，曾在书柜里保存康濯同志的来信，有两大捆，约二百余封。"文化大革命"期间，接连不断地抄家，小女儿竟把这些信件烧毁了。太平以后，我很觉得对不起康濯同志，把详情告诉了他。而我写给他的信，被抄走，又送了回来，虽略有损失，听说还有一百多封。这可以说是迄今保存的我的书信的大宗了。他怎样处理这些信件，因为上述原因，我一直不好意思去过问。

先哲有言，信件较文章更能传达人的真实感情，更能表现本来面目。看来，信件的能否保存，远不及文章可靠。文章如能发表，即使是油印、石印，也是此失彼存，有希望找到的。而信件寄出，保存与否，已非作者所能处置。遇有变故，最易遭灾，求其幸存，已经不易。况时过境迁，交游萍水，难以求其究竟乎！

一九八三年十月十六日

第一辑

致田间（六封）

田间兄：

九月由方冰同志带来信收到，好音千里，倍增欣慰。方冰、陈陇均入党校学习，沙可夫同志亦在党校。我随高中班来延，一路很是顺利，简直没遇到什么困难，游游荡荡而来，我也没闹病，从没掉过队，谢谢你关心我的身体。

高中班到此，即散并于延大各院。我在鲁艺研究室，邵子南也在这里，但不久我或转党校整风。此间艺术活动，音乐戏剧为秧歌戏，美术为年画剪纸、玩具。文艺似尚在尝试新方向，邵子南来了发表了一篇

《李勇大摆地雷阵》为章回性质。

　　文艺界经过去年大整风。从前方来，我也想藉此机会在政治上提高一步，并有意相机改行，学政治工作；来后，深感具体生活斗争经验见闻很差，单有写作环境，亦难产生好作。只写章回小说《五柳庄对敌斗争话本》十回，《中国小说传统》一篇，报告三篇，尚未卜能发表否。你留在敌后，兴奋工作，实在是好道路，老兄，从根本做起罢，今后文艺工作，没有大生活资本，不能发售！

　　胡风七月诗丛出兄《给战斗者》诗集一，计收武汉所写及敌后所写，小叙事诗，街头诗，各为一部分在内。胡有后记，像按兄深入斗争的进展反映在诗作下论断。后方批评，已有转变，闻一多教授在联大讲演称兄为"敲鼓的诗人"，他为"听鼓的"，推崇备至，盖重庆以国民党高压政策、反动政策，使人民呼吸困难，兄诗之风格，很有助于呐喊奋斗也。他刊物有评《给战斗者》谓长诗好，街头诗不好，仍是老调，例举一篇日本俘虏上吊为佳作，《援助这大山沟》为坏作。胡明树写一篇《忆田间》，但此文我未见。总之，在大后方，兄之诗，已转换一般无聊者之猖猖矣。

延安，诗很少，盖已与秧歌运动结合。以后诗的方向，尚待研究。我很愉快，身体如常，这里熟人也很多，党校一些做实际工作的同志很愿意和我合作，以后可以写些东西。

初来时，夜间曾遇一次山洪暴涨，大水没顶，赤身逃出，千里背来的兄之大衣，也不知漂到哪里去了，幸抱住一木桩，得不委身鱼腹，此也来延后一段趣闻也。

延安红火热闹，车马辐辏，飞机每天都来，我们的局面大大开展，已有许多同志去华中前方开辟工作，邓德兹来后，稍事休息，即去家乡一带工作了。初来时，在延干部，非常拥挤，现正往外倾注。李肖白同志也要走了。

此信，并致陈肇、张帆诸兄。并请陈肇，有便人给我家中捎一信，谓我在延安学习一个时期，即回冀中工作，以免老父之悬念也。切盼。

敬礼，葛文好。

弟 孙犁

（一九四五年）十一月十五日

田间同志：

接到你一月七日的信，已是二月廿一日了。我还在××县刘村，在这村庄我住得很好，我参与了村里的工作，我觉得你谈的那些经验和对我的希望，实际也，就很亲切了。我过去知道事情太少，也太不会做事，现在当然还是一样，任何工作对我都是锻炼和学习，冀中区的现实，已经不是我所能掌握与认识，我要好好工作和向群众学习才能窥其梗概。我希望我能比较长期在冀中工作。传言我的"长篇"即村庄纪事和白洋淀纪事，皆系断片连接，非为整体长篇在延发表的，现在看起来，全不满意，我准备重新写过，到冀中后已写成两万字新的，你对白洋淀纪事提的意见很好，我要注意这个问题。

在延安居留一年，感受不多，但有一个事实，就是在那儿见到一些作家及其工作，我常想到：如果是田间回来，影响和刺激一下就好了。在延安，我常想到你。我觉得你的作风，你的工作，我越觉得难得和值得学习⋯⋯老兄，这完全是事实。我和邵子南、鲁藜都谈过。

《给战斗者》重庆版我见过，厚厚一册，按体裁分类，胡风并就兄诗体及深入生活联系作序解，并在胡所编刊物《希望》上几次，有人谈到你，皆好评。据我在延一时期，大后方对你的诗的见解，有很大进步。闻一多两次在西南联大讲演称兄"敲鼓的诗人"，他自称为"听鼓的"。"鼠"亦登出广告，但未见书。重庆诗坛颇沉寂，无多佳作。长篇小说比较多，也有好的。

延安诗亦很少，方冰去后发表一首长诗在《解放日报》，名为《柴堡风波》，不知你读到否？从去年才常有诗见于报纸。我希望你多多写一些。

你的作品和刊物，最好直接寄我一份，这里见到书很困难。

我们以前编的《鼓》还能找到否？希你能给我剪下一篇《丈夫》为盼。

陈肇说来，为什么还不见来到？

孙犁

（一九四六年）二月二十一日夜

田间兄：

三月从中央局来信收到。前些日我到安新一带去了一趟，当记者写了几篇通讯，现在回来校印文学入门（即前所写区村文学课本），过两天印成即寄赠一本，看看后送人吧。

你时刻关心我。我应该记得你时刻对我的关心。从去年回来，我总是精神很不好。检讨它的原因，主要是自己不振作，好思虑，同时因为生活的不正规和缺乏注意，身体也比以前坏。这是很不应该的，因此也就越苦痛。我应该根据你的提示做去，把生活正规起来，振作精神——这样使精神集中起来，也能工作，身体也会好起来。

关于创作，说是苦闷，也不尽然。总之是现在没有以前那股劲了，写作的要求很差。这主要是不知怎么自己有这么一种定见了：我没有希望。原因是生活和斗争都太空虚。

你针对这点鼓励我。我一定要努力克服这种心情，就是逐渐打开生活的范围。我说逐渐——你不要见笑，老毛病。

如果说创作的苦闷，那完全是由于自己的不努力。不深入农村部队，我想就休谈创作，而借八年小小虚名写空头文章，自己不愿别人也不允。——干脆不写！

就要做别的工作去,这是目前需要解决的问题,但又没有决心。这就是以往苦恼的情况。

但创作的苦闷在我并非主要的,而是不能集中精力工作,身体上的毛病,越来越显著,就使自己灰心丧气起来。

今后注意一下,我想会渐渐好起来。

至于其他,望你不要惦记。

希望给我写信。

敬礼并问

葛文同志好!

孙犁

(一九四六年)四月十日

田间兄:

七月二十五日信收到了,前此惠寄的发动群众例说也收到了,这对我是很好的教材,我总觉得自己距离群众是太远了。

我编的《平原杂志》第一、二期,各寄上一册,并八年编委会编的《写作手册》一本,以后如有新书当寄给你。

《平原杂志》实在不成样子，创刊之时，我想和你编的《新群众》遥遥相望，当时也不是没有想到办刊物的种种难处，主要是写稿的人少，而要求又纷杂，在这方面，我经验很少，但想到过去我们几次办刊物的结果，信心一直不高。但冀中实在缺乏读物，努力做下去而已。

关于我的写作，原定秋天抽三个月时间下乡，先写工作日记，后再创作，但杂志只我一个人，能否如愿，不能断定。如能下去，我想到白洋淀。这只是因为以前写了那么一个头，想再写一点。前几天又寄一篇东西给康濯，如能发表，望你看看。

一时没有定什么庞大计划的可能。

葛文的作品，我当找来看看。不过既有孩子，还是以照顾小孩为主，有时间就写一点，没有也就罢了。

我的身体还好，勿念。乡艺丛书，手头如有，望寄我一份。

敬礼！

孙犁

（一九四六年）八月十六日

田间兄：

　　弟五月间由安国返津，在乡间曾寄上一小书，想已收到。《风云初记》二集，想你那里一定有，手下又无书，不寄了。

　　我在报社，因无多少工作，所写又系历史小说，时间长了，有些沉闷。我想转移一下。但我又不愿专门当作家（因近感才力不足）。你看像我这样的情形，应该采取一种什么工作方式为宜？

　　俟康濯回京，你们可以代我思考思考。并望不要和其他方面谈及。

　　近来又写了什么东西？那篇朝鲜小说怎样了？

　　葛文和小孩们好！

敬礼！

孙犁
（一九五三年）八月六日

田间同志：

　　前寄来游记第一、二节时，弟看过，认为很好，即交他们发表，第三节也是很好的。那几天，适我身体不好，所以告诉他们先给你写信。

我以为像《欧洲游记》这样的写法，是很好的，它的感情很充沛，所报道的内容也很新鲜。这类文章是要这样写的，不能强求多，或长，那样就没有意思了。在一个小题目之间，充分思考，抒发，就是好文字。你正是这样写的，所以很好。

但望你把字写清楚些，每次我都得给你的很多字加旁注，这样难免出错。

匆匆

敬礼！

孙犁

（一九五五年）十二月十三日

致康濯(三十封)

康濯、肖白①同志：

你们的远道来信我收到了。孤处一村，见到老朋友的笔迹，知道朋友们的消息，甚高兴，慰藉之情，可想而知。

我一直在蠡县刘村住了三个月，几乎成了这村庄的一个公民，人熟地熟，有些不愿意离开。因为梁斌同志的照顾，我的写作环境很好，自己过起近于一个

---

① 肖白，晋察冀边区的青年作家，我的湖南同乡和高中时代的同学，也是孙犁的朋友，当时在晋察冀日报当编辑，曾和我一起写信给孙犁，他是向孙犁约稿。此信即孙犁给我们的复信。肖白在建国后已转入另外的战线工作。——康濯注。下同。

富农生活的日子，近于一个村长的工作，近于一个理想的写作生活。但春天到了，冰消雁来，白洋淀诱惑力更大，且许多同志鼓励《白洋淀纪事》，本月中旬，我就往沙河坐小船到白洋淀去了。

我写了几篇东西，整理出来的有《钟》（一万多字）、《碑》（六七千字）。本来我想赶紧寄给你们，先睹为快。但是这里有个副刊《平原》，也很缺稿，恐怕要先在这里印一下。呜呼，冀中这个地方，竟还要我们这些空洞文章，以应读物的饥荒，可惭愧也矣。

这里许多干部对文艺非常爱好，他们几年间出生入死，体验丰富，但都以为自己不会写而使文艺田地荒废，事实上只有他们才能写好的，有希望的是他们，肖白说是我，错到天边去了。

但也刺激了我，正在努力深入生活，和努力写作，我也不应该叫你们太失望的。

这里很可以印些东西，肖白如有可能，能往《解放日报》、《新华日报》、《晋察冀日报》，代我搜集到《丈夫》、《村落战》、《爹娘留下琴和箫》、《白洋淀一次小斗争》（新华）、《游击区一星期》（新华）[1]，就好了。

---

[1] 这里孙犁同志要搜集的他的作品，后来都找到了。

我想弄个小集印印，这里文艺读物太缺乏。

过去我对保存作品太不注意，也是抽烟纸缺，都抽了烟了，后悔无及。

我祝你们身体、工作好。

并问候诸同志。

孙犁

（一九四六年）三月三十日 ①

---

① 这是孙犁同志从冀中乡下寄到张家口的信。冀中即河北中部平原地区，是抗日战争和解放战争时期晋察冀边区所属的一个区，相当于一个省；孙犁是该地人，也是抗日初期在该地区参加革命工作。一九三九年以后，孙犁曾离开冀中，调到驻在冀西山区的晋察冀边区机关工作，那以后的部分情况，我在《孙犁书信发表前言》中介绍过一点。孙犁到冀西后，也回过冀中区。一九四四年他从冀西跟随一部分干部被调往延安。抗日战争胜利后，又从延安回晋察冀边区，并仍返冀中区工作。这封信和这里发表的下面九封信，都是从冀中所写。一九四五年八月抗日战争胜利，晋察冀的八路军首先解放了张家口，晋察冀边区领导机关随即从山区迁至该地，我也随之到了张家口。孙犁从延安回晋察冀后，先到了张家口，我们见了面，他又去了冀中。

康濯同志：

前曾由蠡县赴张①受训同志带去一信，略报我的生活和工作情形，想已收到。今接四月五日来信，我正以父丧家居②，敬再把这一时期的生活和工作告诉一下，以慰远念。

我到冀中后，即到蠡县一村庄下乡工作，名义上为帮助县里工作，但以梁斌同志在此，诸多关照，写作时间很多，但以既然要接近群众，则整个时间很少，且一深入村庄，则感到以前所知，直皮毛也不如，既往所谓长篇设计，实以不符现实体格，故所成都为短篇，原村庄纪事及白洋淀则未能续写。当然疏懒多事，创作气魄的短小，也不无原因。即短篇所就，亦不进色，前已寄呈一篇，可知概况。

蠡县三月期满，按原来计划，即去白洋淀，路过军区，正值冀中八年抗战写作委员会成立，蒙王林同志援引，将忝为一员，羁留河间，白洋春水这一年，是观光不成了。委员会工作刚刚开始，即以父病，遄

---

① "张"指张家口。
② "家居"，孙犁是安平县人，当时父亲不幸逝世，他回安平乡下住了一段日子。

返故里，侍奉不及一旬，父亲去世，家中生活，顿失轨道，于万分烦躁中，把葬事及未来生活略为安顿了一下。

现三七已过，即拟返军区看稿子去了。

近三月来，张家口时有人来，先是彦涵，继之舒非，彦在白洋淀，舒在七分区。最近邓康①又以老板面貌到达胜芳（接到他一封信），邓兄以贸易起家，以文学为修业，艺人商隐，可比卓文，不但生活可爱，其方向实可为文艺工作者前途所参考，近梁斌身兼蠡县书店老板，也具体而微的是这么回事。

但来信所提《北方文化》登载我那两篇散文，颇引起不安。《战士》内容还略可记忆，《芦苇》不知说的什么，如为一打鱼老头故事，则我已在延安改写，发表在《新华日报》，无论其拙劣空洞，就此一点，已可为

---

① 邓康，晋察冀边区的青年作家，一九四〇年八月后，同田间、孙犁、曼晴和我等同在边区文协工作，一九四三年晋察冀作家应毛泽东同志《在延安文艺座谈会上的讲话》提出的号召，纷纷下基层工作，邓康是下到了曲阳县基层的供销合作社，此后几十年一直搞商业，前两年还是黑龙江省供销合作社负责人；他老家在黑龙江省，抗日战争胜利后从张家口回了东北。

人所指责，为自己所惭羞了。这样的事，已经不是一次，我曾失笑于自己的"旧调翻新声"的办法，《芦花荡》一篇实有相同于《爹娘留下琴和箫》，近写成一篇《藏》，实与《第一个洞》相类似，转来转去，我问自己，想不出个新故事来吗？如来得及，可抽出来①。

以上实无怪罪你的意思。

虽系你的关心，也可从此证明张家口创作的荒凉，《北方文化》第一二期我也看过，印象如你所比拟。兄之大作②也看过了，手法上的遒劲凸峻，我要学习，因为文章不在手头，以后再谈详细观感。

王庆文③之出现，增加冀中文艺运动无限信心，王氏作品，大小近数十万言，此人现在张家口邮政局，王林已经想法叫他回来整理他的创作。

但在张家口，有成就者闻系俞林同志。我在《晋察冀日报》上，读了他一篇《旅伴》，倾慕之至。写的自然和谐洋溢着冀中味道，听说他写了一个长篇，你

---

① 这里所提孙犁的两篇散文是写得不错的，信中只是他谦虚之意。
② 指我的短篇小说《初春》。
③ 王庆文，当时出现的冀中地区优秀业余作者。

看过吗？

冀中八年写作运动，可涌现大量新人材。此运动内容分三方面：1. 冀中简史；2. 创作丛刊；3. 类似"冀中一日"①。规模很大，人们的信心也坚，总之会比冀中一日再好些，王林，路一，秦兆阳，李湘洲，胡丹沸均参加编辑工作。

敬礼

孙犁

（一九四六年）五月二十日

康濯兄：

接到你六、十二、十八的信，是我到八中去上课的炎热的道上，为了读信清静，我绕道城外走。红日炎炎，而我兄给我的信给我的感觉更如火热，盖小资之故。我觉得我自己已懒得做又懊悔没做的事，你都给我做了。而且事实比我做得好。《北方文化》以及

---

① "冀中一日"，指晋察冀边区的冀中区在一九四〇年发动的"冀中一日写作运动"，当时规模和成绩都很大，有的作品至今仍保留下来，并还将流传下去。

副刊①上的《芦苇》等我都看见了，因为你的一些修改，我把它剪存下来，我以为这样才有保存的价值。说实在的，溺爱自己的文章，是我的癖性，最近我在这边发表了几个杂感，因为他们胡乱给我动了几个字，非常不舒服，但是对你的改笔，我觉得比自己动手好。

但是，如果弄成这么一种习惯，写的稿子胡乱寄给你，像《藏洞》一样，不知你麻烦不？

主要的是我从你的信里，感触到了一种愉快的热心工作的影响！我甚至觉得，你不断地替别人做了工作，自己倒很高兴满足了。

你知道，从家里发生了这个变故②，我伤感更甚，

---

① "副刊"指《晋察冀日报》文艺副刊，"《北方文化》以及副刊上的《芦苇》等"，即前面五月二十日信中孙犁谦虚地表示写得不好的几篇散文。我把这些文章分别送到成仿吾、周扬主编的晋察冀边区的大型综合刊物《北方文化》以及《晋察冀日报》副刊发表后，读者反映不错。孙犁在这里又把那几篇散文的价值归之于我对文章中个别文字的改动，自然更是谦虚之至；其实我的改动可能还是有损于作品的。至于信中对我的工作的表扬，自也同样是过分了。
② 家里的"变故"，即五月二十日信所说父丧。

身体近来也不好，但是我常想到你们，我常想什么叫为别人工作（连家庭负担在内），小资产阶级没办法，我给它悬上了一个"为他"的目标，这样就会工作得起劲。

因此，倘以八年来任何时期工作相比，我现在的工作之多，力量的集中，方面之广——都达到了最高峰。父丧回来，我接手了副刊《平原》，创刊了《平原杂志》，身兼八年写作运动委员，另外仿外面"文人"习气，在八中教着这么一班国文。

我觉得努力多做些工作，比闲得没事伤感好多了。

这就是我最近的生活。但并不是放弃了写作，秋天，我有两个月到三个月的写作时间，我酝酿着一个浪漫的白洋淀故事。

至于我的刊物①，可不能和你们的相比，《时代青年》我看见了，它很好，你们人手多，写文章的人也多，外来材料也多些。但在冀中写综合文章的人很少，我一个人又要下蛋，又要孵鸡，创刊号出版了，有点像

---

① "我的刊物"指此信中前面提到的《平原杂志》。

"文摘"。回头寄你一期,帮帮忙吧。

所苦恼者,咱在冀中也成了"名流",有生人来,要去陪着,开什么会,要去参加,有什么事,要签名。我是疏忽惯了的,常自觉闹出了欠妥之处,烦扰得很。

但另一方面,我好像发现了自己的政论才能,不断在报纸上,杂志评论栏上写个评论文章,洋洋得意(寄你几个看看),但欢喜的时候并不长,不久一个同志就指出,我的政论是一弓调调三联句,句句紧。这很打击了我的兴头。

为什么到八中去上课,好像上次信上谈过,其实还有调剂生活的意味,跑跑路,接近接近冀中的新一代男女少年,比只是坐编辑室好。

好像还有一个问题没交代清楚,为什么一下担任了这么些个工作,不写东西了吗?这些工作,自然是工作需要,也出于自愿,我是把写作时间集中到一个时段里去了。为了生活的方便。

我眼下不想回张家口,冀中对我合适。家里也要照顾。明天,我就得去看看他们,在这样热的天,要走一百四十里。

常给我来信吧,你那得意的作品也给我寄来吧。

克辛兄《一天》①,新到,读过后,写信去。

敬礼

孙犁

(一九四六年)七月四日下午

康濯兄:

这两天我在旧存的《解放日报》上剪读了你的《灾难的明天》和陈辛的批评②。这篇稿子寄到延安时,我正束装待发,没来得及看。

我以为陈辛的批评是不错的。

我觉得小说的好处表现在作者对生活的深入调查

---

① "克辛"即前面提到过的丁克辛,《一天》是他发表的一篇小说。
② 《灾难的明天》是我写于一九四三、一九四四年间的一篇小说,一九四四年冬天,我从晋察冀边区通过部队的通讯系统寄往延安,后连载发表于《解放日报》一九四六年一月十八日至二十二日四版上,二十二日并同时发表了陈辛同志写的评介文章,肯定了作品的成就,也指出了不足。孙犁这封信谈到这篇小说,很明显是过誉了。

研究，用心的观察体会，因此它不与主题思想两张皮。我觉得一个南方人，对这里的人民生活和情绪体会到这样非常不容易。

从这篇小说唤起了我山地生活的印象，不瞒老兄说，我因为老是有个冀中作目标，我忽略了在那里生活时对人民生活的关心，现在我差不多忘记了那里的山水树木。读过后，我觉得那里的人民是这样地简单可爱，例如老太婆，虽是常常耍个心眼，但是她也叫我同情，心眼也简单可爱呀！现在我才进一步想到人民斗争成绩的丰富和辉煌。在这样的地方，人民生活在极困苦的条件下，创造了这样美的动人的故事。

我和别人谈过，你老兄是谨严的小说作风，从这一篇我学习了不少东西，正好医治我这乱弹现象。我写就发展不了这么多情节过场，及至后来，你竟是低回往复的唱起歌来了。

另外，我觉得这篇凡是有关心理的描写都很好，好在它不是告诉人说：这是人物的心理呀！而是那么自然而深刻地与行动结合着，甚至引的我反复读，奇怪你为什么能弄的这么没有痕迹。例如婆媳在纺线上的纠缠便是。

我自然也同意陈辛说的那故事进行有些滞碍。例如中间那一段"就从退租说吧……",我觉得就有碍人前进阅读的不妥地方。

关于老太婆年轻生活的插写一段,就好些。这自然也许是我爱好的偏见。

关于用语,邓康说有些南腔北调,我只觉得在语言上还不完全精炼,你不爱雕词琢句,也是你的好处,不过像:

"老把式到底可强哩!"

就不如说成:

"还是老把式!"

我想编一套农村生活小说丛刊,供给农村阅读,我想这篇算一册,我写篇"怎样读和怎样写"附在后面。

后面谈谈我的现状,现状没有分别,八中走了,少了兼课,轻闲一些,写了一篇《冰床上的叮咛》,寄上。身体如常,工作顺利,一切勿念。

沙可夫同志来信,备极关心,甚至要我去张家口,我想是传说我的生活困难,有些过于夸大的缘故,事实上，没有什么。我已经给他去信，我要在这里留一个时期，再说。

昨天读到了，《晋察冀日报》副刊上一位白桦同志对《碑》的批评①。我觉得他提出的意见是对的，但有些过于严重，老兄知道，咱就怕严重，例如什么"读者不禁要问:这是真实的吗？"我不是读者，我是作者，但是我可以说是真实的，因为事情就发生在离我家五里路的地方。

批评者或许对冀中当时环境不甚了了。文章内交代的明白，战士是黄夜到村里，秘密过河行动，别的村人并不知道，他们迫近河流，已抵绝路，因此起初只有一家人那么沉重。

及至小姑娘给一些人说明，他们"感到绝望的悲哀"也不能说是"太寂寞了"，有什么寂寞的，那不是看戏，一群战士迫于绝路，又不能救助，低下头来，感到悲哀，并不是小资情绪。要怎样描写？拍手叫好？还是大声号哭？

---

① 此处所提写文章批评《碑》的白桦，不是现在的作家白桦，也不是曾任天津市委宣传部负责人的白桦，其情况不详。他的批评文章是"左"的思想的产物。

并且，他们观战也不是"冷静的"，"没有同情"，"没有敌忾"，没有这个，没有那个。

文章写的明白，起初是长期对战争的渴望，他们来观战，这在平原上是常有的事。及至大雾消沉，看出形势不利于我们，他们才悲哀绝望。

我那一段描写，是太冷静了吗？怎样写才算热烈？

他还谈到老太太的"转变"，我那老太太并没有什么转变。什么她的转变不是基于对敌人的仇恨，批评者如何知道？难道一定要写一段转变的基本动机吗？

而那基本的东西是写过了的。

这个批评我觉得不够实事求是。

以上不过是说着玩玩，助兴而已，我不打算来个什么反批评。有时间多写一段创作也好。

冀中没什么新鲜事可告。听说不久成立文联，自然没有什么新鲜。河间有个大戏院，每天唱旧戏，观众拥挤，《平原》增刊上来了一次佯攻，他们很不高兴。

崔嵬要成立科班。王林改小说和准备结婚。秦兆阳也在八年编委会①。

敬礼

孙犁

（一九四六年）七月三十一日

康濯同志：

前天发一信，随后即收到你的信。

创作选集此间尚未见到，以后可见到。《长城》②见到了，很富丽充实。《李有才板话》，我有一原本，《小二黑结婚》及其他一种未见到，以后可见到。据所读《李有才板话》印象，确是一条道路，我特别感觉好的，是作者对人物环境从经济上的严格划分，以具现其行动感情。而我常常是混合了阶级感情来赋予人物，太不应该。

---

① 崔嵬、王林、秦兆阳，当时都在冀中。崔"成立科班"是指崔嵬同志组织剧团和举办戏剧、文艺工作者的训练班等活动。
② 《长城》是张家口文艺协会办的大型刊物，由丁玲、艾青、沙可夫、萧三和我等人任编委，沙可夫主编，一九四六年夏创刊。

至于在《李有才板话》里，运用旧小说，很有成绩，然前部人物不分，后部材料粗糙，也是在所难免。我以为中国旧小说的传统，以《宋人平话八种》为正宗，以《水浒》《红楼》为典范，再点缀以民间曲调，地方戏的情趣——今天的新小说形式，确是应该从这些地方研究起。

《钟》一篇不发表最好。但我又把它改了一次，小尼姑换成了一个流离失所寄居庙宇的妇女，徒弟改为女儿。此外删了一些伤感，剔除了一些"怨女征夫"的味道。我还想寄给你看看。

对于创作上的苦恼，大家相同。所不同者，你所苦恼的是形式，而我所苦恼的是感情。我看了周扬同志的序言①，想有所转变。

前寄去一篇《冰床上的叮咛》不知收到没有？

丁克辛同志一篇《春夜》②，我看过了，我也觉得不好。我觉得我们发表作品，以后还是慎重些才好。影

---

① 周扬同志的序言，即《李有才板话》一书前面的《论赵树理的创作》。
② 丁克辛的小说《春夜》发表后，受到报刊的批评。那篇小说确有毛病，孙犁也表示了这一看法。

响是要注意的。

你的杂文我看过。觉得还好。

关于对象问题①，我曾想过，你如能到冀中来，想法介绍一个。但也不易。冀中妇女，干部太少，农村过剩。而农村妇女的习惯是要本地人，有产业，年龄不大。因此外乡人就很困难了。想冀晋也差不多是这种情形。如此，我考虑还是奔都市好一些，只要年岁小些，性格好些，相貌有可取之点就行了，选择要慎重，但无需太机械。

做文艺工作的，严格说起来，写小说的人，很难找到好老婆，太认真是他的致命伤。

八中走了，我教书的事情没有了，不很忙了。

秋安

克辛、崇庆②同志望代问候。

孙犁

（一九四六年）九月一日记者节

---

① 当时我刚有对象，孙犁还不知道。
② "崇庆"指刘崇庆，当时同我一起编辑《时代青年》，建国后担任过《新观察》编辑，已逝世。

康濯兄：

你到阜平以后的信①收到了，前些日子曾寄上一信，不知收到否？

我到九分区一趟，日前返此。联大及文工团来②，冀中文艺界顿显活跃，《平原杂志》亦将有新决定，我继续编辑第六期，第四期不知见到没有？

见过你的信，望我能有"重要作品"问世，按我现在情形，就是有不重要的作品写出也好，情形已大体如上信所叙，主要我蹉跎时间，并没打开生活之门。但见到你的督促，这两天，我也写了两篇短东西，其中一篇名《我的堂叔父》，系仿老兄《我的两家房东》笔意，算是我和了一首吧，但自然逊色多了。

《冰床上》一篇，前我兄所论甚是，今后我要在意识上避免这些东西，前天写了一篇乡居印象，末尾不觉又犯了老病，足见这毛病非改掉不可的了。

---

① 国民党军于一九四六年秋开始大规模进攻我解放区，晋察冀边区机关、部队于当年十月十日晚撤离张家口市，边区机关迁回阜平县山区。这是我到阜平后收到的孙犁第一封信。
② 我们从张家口撤退以后，华北联合大学及其文工团搬到了冀中区农村。

现田零、李黑①均住我们这里，帮着弄年画，附带的任务是解决婚姻问题。

敬礼！

孙犁

（一九四六年）十一月二十三日

康濯同志：

你离石门②之次月，我们也匆匆回来，根据上级的意见和我们的要求，我将到深县做实际工作，详细情形，到那里再告。

我们的刊物③，不知出了没有？很希望能早日看到，我还是希望报纸副刊能多登一些文学创作，藉以繁荣市面。

---

① 田零、李黑都是延安鲁迅艺术学院美术系出来的画家。
② "离石门"，指我和孙犁同志在石家庄参加一次会议后离去。一九四八年，解放战争节节胜利，晋察冀边区和晋冀鲁豫边区这两大解放区连成一片，合并成立了华北人民政府，设石家庄附近。当年八月，两个解放区的文艺工作者在石家庄开会，成立了华北文艺协会，简称华北文协。
③ "我们的刊物"，指华北文协成立后准备出版的刊物《华北文艺》；当时我已调去任该刊编辑。

临来时曾语艾青同志，请他把你寄他的我的两篇稿子，仍旧交你。这并非想发表，请你把我的几篇原稿，并你以前代为搜存的一些我的印出稿，用妥当办法，寄给冀中导报社转我，我把它保存起来，作为自己过去一段惭愧的纪念吧！

印出稿中，特别是《丈夫》和《爹娘留下琴和箫》两篇，万万请你给我找到。

我留在曼晴①那里一篇《光荣》，无论他发表与否，望兄能过目一下，给我提些意见，我一直认为老兄是我的作品的最后鉴定人。

我到深县，不是做副宣传部长，就是做副教育科长，虽系副职，照顾"创作"，但我倒是想学做一些文章以外的实际工作，藉以锻炼自己一些能力。改变一下感情，脱离一个时期文墨生涯，对我日渐衰弱的身体，也有好处。其打算就不过如此。

深望能见到你的创作和议论。我还有一篇东西没

---

① 曼晴，老诗人，一九四〇年曾和孙犁与我一起在边区文协工作过。一九四八年在冀晋区文联工作，又调石家庄文联工作。

有写好，但自从石门回来，把写作情绪中断，又不知什么时候完成了。

另外，我今年春天寄周扬同志一篇《园》①，但他说没有收见，我已各处打探此稿下落，如他能找到，交到你那里，你看看，不行，也就寄我好了。

专此

敬问：

嫂夫人同小孩子好。

孙犁

（一九四八年）九月七日

欧阳山、陈企霞、杨思仲②诸同志大安不另。

康濯兄：

得接来信，甚慰。

我已到深县半月有奇，任宣传部副部长，但在形

---

① 《园》这篇作品后已找到。
② 欧阳山、陈企霞，当时都调华北文协负责《华北文艺》的编辑工作，杨思仲，即陈涌，当时也在石家庄附近。

式上仍系客串性质，因我的吃穿，还是冀中文联供给。这主要是冀中干部调动频繁，如此，可以有些把持似的。

在这里工作很好，同志们多系工农干部，对我也还谅解，我分的职责是国民教育、社会教育，包括乡艺运动，今冬明春，在深县范围，我们要发动和检阅一下沉寂良久的乡村艺术。

关于那几篇稿子，老兄所提意见很对。昨天同这里同志们谈起写东西，夜晚睡下，想到一九四七年只《园》一篇而已，今年三篇小东西，即留给曼晴的《光荣》、《采蒲台》和已发表的《种谷的人》。蹉跎一再，回首茫然。

老兄对我所提希望，应该能够如此。一切毛病，总是自己不长进的结果，其中主要的还是工作太少了。好像忘了自己眼下就并非"而立"，却即进入"不惑"之年[①]似的。但这些还不是主要问题，主要问题在于，我总要在这一生里写那么薄薄的一本小说出来才好。这是我的努力方针。

---

① 这里提到"而立""不惑"，实际情况是孙犁生于一九一三年，一九四八年三十五岁。

秦兆阳同志去了①，想已安置好了。望代我问候他。冀中的情形仍旧。

专此

敬礼

          弟　孙犁

        （一九四八年）十月六日夜

康濯兄：

来信收到了，我庆贺你的新作完成，很希望能见到它。"华艺"看到两期，只觉得分量不重，然此中困难之处，弟亦了然。

随信寄上《天津日报》若干份，报已很不全，我兄作一管之窥吧。小诗剪寄一份，实无好处可言，然此系我第三首诗，前两首早已忘得干净，这首，老兄看过，代我保存吧，因手下只有一份也。并藉博未见面的嫂嫂一笑吧。

---

① "秦兆阳同志去了"，指秦已从冀中区到我们驻的石家庄附近来了；当时秦也调《华北文艺》任编辑。（以上文内注释，皆系康濯同志所作。——犁注）

稿件事，我近收到红杨树《两年》一篇，系长诗，我认为是诗坛绝唱。另有一篇白刃作小说《太阳医生》一万字，另史松北一长诗，另鲁藜一诗。然此作品，这里有些同志拟在津出文艺丛刊。我劲头不大，认为他们不一定能弄成。故此，我要和他们商议一下，把稿干脆寄给你，俟决定，马上寄去，迟不过三五天耳。

另，香港出版的《人民与文艺》（系丛刊性质），内载冯乃超作《评〈我的两家房东〉》。现把第一段抄在下面：

> 康濯这本小说集子，收集了三个描写农民的短篇小说。我不知道作者的底细，从作品中看来，他大概是在农村里工作相当长久的年轻的革命知识分子，仅仅三篇小小的短篇，表现着特有的清新的风格。他细致而不繁琐，平淡而不刻板，有着生动的朴素性，不加铺张的真实性。

所指三篇作品系指"房东"、《初春》和《灾难的明天》。不知我兄见到这集子否？

关于《光荣》稿费，不要寄来。我想做些人情。稿费领出，以三分之一给你家我那小侄儿买糖果，另以三分之一送给曼晴同志，也做这事用，另以三分之一寄给吴劳同志或赵惜（他的老婆）也做这事用——给小孩买糖吃。

请和欧阳山同志谈谈，不必寄给我。在天津，那点钱不见花！我也不需要。

目前，方纪回冀中去了，一月方归。我很累，编辑工作，我实不愿做，特别是在城市做报纸副刊，有些海派事，实不习惯。

另外，我仍不死心，恋恋写作，春天冀中建政、大生产，我想回去写小说，不知能否成功。

就这样吧。

敬礼

弟 孙犁

（一九四九年）二月二十一日

康濯兄：

写了两封信，都是匆匆忙忙，有些事好像还要详谈一下才好。

到这里，找到一本香港出的《荷花淀》，所欣慰者其中收集了我原想早已湮没的《游击区生活一星期》（一万字）和《山里的春天》两篇文章，其次别人又剪来上海《时代日报》介绍这本小书的葛琴和别人的文章，也把咱们小小捧了一下，虽是掌声不大，却也聊以慰情。

另外，这里一个知识书店要印些书，我把《少年鲁迅读本》给了他们，另外编了一个"纪事"集给了他们，篇目附上。这中的文章，都是以"我"开写，而香港的集子是没有的。这主要是为了弄些钱花，当然也寓有留下脚印之意。

屠格涅夫有言：不失去活动的欲望。

关于工作和生活，我在这里工作并不安心，此中有很多原因，另有一个小原因，就是我还想写东西。最近我要求抽一定时间去工厂写些速写和报告，写关于工人的小说，一时不易做到，但速写是可以的。关于农村，一时恐怕是回不去了。

另外，我带有一个小孩子，她十二岁了，原是打算叫她上学的，但这里的供给问题，一时不能解决，而她在我身边，也很麻烦。听说北平有育才学校，我已函请周扬同志，把她送到那里去，听说周扬是校长。

关于《嘱咐》，这里反映也不一致，知识分子首先感到这篇东西感情不健康，而有的工农干部却说不错。这并非拉一下工农来给自己助威，但批评这个东西，在今天很难说，它常常是由"上"来个号召，就造成了群众的影响。因为写批评，就是代表工农甚至代表党来说话的，声威越大越好，叫群众服从，真正群众的意见，就湮没了。从冀中以来，我有了这么个认识，当然我的写作上的缺点，我要克服。

因此，我在文坛上，也认识了什么叫"海派作风"。

邓康来了两次信，他在哈尔滨当企业公司老板，最近又要和一个南斯拉夫女郎结婚了，他希望给他写信去：寄交哈市企业公司邓建桥即可。

今天有些时间，扯了这些闲篇。

敬礼

孙犁

（一九四九年）四月二日

康濯、兆阳二兄：

同时接到你们两人的信。

《小鸭》及康兄大作《好风光》均收到。《好风光》我看过以后，即交这里知识书店出版的《生活文艺》，拟第一期用。我觉得虽是断片，仍是小说，功夫自到火候，内中有很多好东西。

兆阳兄默默写好东西，然后告我，更觉愉快。这里的丛书，原是没问题的，但近闻要先审查，审查是应该的，但恐时间就不知道拖到哪年哪月，不出的可能比出的可能恐怕多些。该丛书系书店编的，近日情况颇有搁浅之态。

但我甚愿一看，秦兄如有底稿，望抄我一份，我当向书店介绍，争取是必要的。望排除一切写成它，写好作品，就是根本。

香港版"房东"我早就注意，天津《北方文丛》早已卖完，我那本系公安为接收过去被禁书中，揩油所得，当即寄呈。并且，我已找到冯乃超文章，一并寄去。《荷花淀》系孤本，望兄代我保存。

近来，我正在写一篇《互助组》，拟单独成篇，写它三节，第一节一篇五千字，已交《进步日报》，如能挣得稿费，刺激生产，第二节想不成问题。

红杨树诗，如不能用，望再寄我给《进步日报》，我总觉得是应该发表的。

现在的情形是：只要写文章出来，一切就可心平气和，埋头文墨，应是我们的阵地。

匆匆

敬礼

孙犁

（一九四九年）四月十九日深夜

康濯兄：

昨天发出稿子及信，想已收到。今天收到信及钱。

其实，我这些日子并不穷，"少年鲁迅"、《互助组》及香港来的钱，一时使我竟像一个花子拾金一样。老婆孩子来了，这出戏也算唱过了，过了端阳节，就把他们送回去。主要是独身惯了，偶尔来同居几天，长了就麻烦得很。一是楼房，不适合小孩玩耍，上街去，就要担心。二来，他们来了，我连午睡都没法，哪能写文章。文章是不能不写的，无论如何要写的。三是家里还有老母，无人侍奉等等。

关于工作的事，我也会说不会做，如果单是从经验和认识讲，我希望你不要去做什么全国文协吧。我觉得离开文艺文化的圈子，才真正是文艺的天下，做实际工作，反能写文章，反有兴趣写，这已经是经验证明了的。有稿子交出去，比什么也好，何必站在文坛之上，陪侍鞠躬行礼如仪？

如果按你的经验说，虽是做编辑也能写，但不如集中精力，我们是已经到了应该集中精力的年纪了。

目前的情形，好像有两种办法：一是做文化工作，打起杂来，没有作品。一是决心改行，在行政上熬上去，心安理得。但在你，恐怕要不甘心这样的，做做实际工作，集中力量写写，再做工作，这不是你老早告诉过我的吗？

关于工作，我自己也在不安心，我在这里，倒不是没有时间写东西，但就是因为做着编辑，左支右绌，不得从容。

关于王林的《腹地》，他已经接到你的信；他很感动，今天给我写了一封信，很兴奋。我想，是应该这样的。

专此

敬礼

兆阳不另。

孙犁

（一九四九年）五月二十六日

"房东"即再寄上两册

康濯兄：

前草一函，想已达览。

感谢牢寒同志，他寄给我《黄敏儿》这一篇文章，现在寄给你，你看是否可以和余下来的那几篇再凑一本，寄给上海或别处。另外附两篇小文，你看是否可以有要的价值。我记得还有一篇题名《家属》的小文，在你那里，是否可以把它们放在一块，成为一篇什么好像"××外二篇"之类？总之，全凭老兄法眼，可取可舍，我是无条件服从。

我希望你能安静下来写东西，这其中也有些私意，就是这样一来，你就可以有比较从容的时间来代我改稿编书了。按目前你如此之杂，如此之忙，我托你编校，是有些惴惴不安的。

长篇交出去了没有？我看有出版地方，就发表吧！我等候读它。

另外有什么新作，寄《文艺周刊》发表吧，我现在的权势好像大了一些。有给周而复一信，望代转去，因为我不知道他的通讯处。

犁

（一九四九年）六月二十二日

康濯兄：

来信收见，"演义"也在报上读了两节，觉得不成问题，写得精细。只是题目我觉得长了一些，也不鲜明。"黑石山"加"煤窑"有双重黑压压的味道，"演义"我觉得不必要，不知你怎样看法。甚至里面的"却说"，也不必要，因为今天的小说，实际读者多于听者，即便讲演，没有"却说"，实际上也听得明白。不知怎样，我对这种风头很健的章回体，近来不大喜欢。当然老兄的作品，我是喜欢看的，定遵嘱首尾看全，并写评介。自《腹地》书评问世，我颇有弃文修武的意图，如果这个买卖好，我就改行当"评介家"了。

《芦花荡》书评，系萧来同志写，萧系《文艺周刊》投稿中坚，与我并不相识。此评寄来，我颇费踌躇，然终于发表。大概是他的性格有些和我相近，因此他喜欢那文章，只评了优点，缺点评的不多，我当时很怕有"请人吹捧"之嫌，好在实际上，我还不是那样，人家好意也就登出。但也没什么新鲜玩意，不过说写女人写得好等等，你找报看看吧，剪报不寄了。

《钟》已改好，原则上以第一次稿件为准，减少了她的徒儿和大秋的新媳妇，结束时叫大秋和她结了婚，这样完整一些。但尼姑这个东西，我总有些不安，但不叫她是尼姑，也实在不忍舍弃那当时的情调。我准备发表它在我们筹划的文艺丛刊里，这丛刊是劳荣他们张罗，我看问题也多。

我母亲忽然来了，她们采取了轮流赴津制来麻烦我，这几天不免要陪老人家逛逛，东西写不成了。
敬礼

孙犁

（一九四九年）十月十八日

康濯兄：

前去一信，不知收到否？你的家庭问题，是否有办法解决，身体是否恢复？

"黑石坡"我准备统一地再看，因为每天看一段，回头写文章总还是要再看的。我愿这部作品能得到更广泛的赞誉。

萧也牧寄给我一篇《关于〈蜡梅花〉及其他》，我觉得写得还好，想给他压缩一下发表。他主要是发扬你的创作特点的。

我眼下没有写东西，但我起了一个念头——想写一部关于抗日战争的小长篇。另外修改过的《钟》，我是要先寄给你看过再决定发表的。另外《村歌》你有没有？要不要？如果要就直接向"天下"去拿几本，叫他们扣我的账就行。这书印得不好，好多错字，以后我们印书，非得自己校大样不可。另外得建议书店请北方校对先生，免得以南方见识把人家的字改错，如"种"麦子，排成"耘"麦子，"提"着一根青秫秸，改为"捉"着一根青秫秸，真真叫人无话可说。上海印书也发生这个问题。书有错字，我最不耐，因为我们不同那些天才，那些文坛打擂家，那些以行政地位要压倒别人的作家。我们对于一字一句是兢兢业业的啊！

上次写信，谈了些章回体的问题，不知你有什么意见没有，其实问题不在章回不章回上。

我愿意知道你又写了些什么？

敬礼

孙犁

（一九四九年）十月二十五日

濯兄：

《钟》能在"文劳"发表最好，在《人民文学》发表不大合格，且易遭风。

前日寄上一小文，偶然之作，只是愿意叫你看看而已。近况如常，这几天又有些感冒，鼻塞头重，也不敢写东西。另外，人这个东西，如果没有家会是多么轻松？家里人冬闲要来，因此给他们找了房子，买了炉，打米称盐，忙了一阵，现在老母同在这里上学的一个女儿，搬到新居去住了，静候夫人及其他人到来。我仍住编辑部，以求静养。老兄：思想起来，实在没有什么意思。

关于那个小长篇，如果写就有两个，一平分，一抗日也。今年冬天，如果兵强马壮，则会写作，如果身体败下阵来就不能了。我很愿意你把电影小说写出来，这些新玩意弄弄很有意思，但有意思只是说写的时候，我想真正演出来，那意思就归导演、摄影师、演员了。文学和电影是两回事，《红楼梦》电影，我总不想去看。

关于新玩意，我还弄了一次——广播，也很有意思。空洞一室，只有一个女的和我。照稿宣读，半点钟四千五百字，一个劲念，一个劲看钟，以便调剂速度。声音发出，毫无反响，但是，虽不如在广众之中，可以因为讲得好而得到鼓舞，同样，也不会看见听众的沮丧神情而败兴也。什么也看不见，静静的大房子里，面对如花似玉一个女的，宣读你的大作，真是"灵感"得很。不知老兄有此兴致否？这里人民电台台长是鲁荻（即晋察冀军区时代的鲁里），很希望有些作家能上台广播。

有书还是寄到上海吧，北京印书不漂亮。前些日子，我把那个《区村——文学课本》整改一番，也寄给周而复了，有空就钻。

敬礼

犁

（一九四九年）十一月九日

康濯兄：

不知电影剧本突击成功没有？上海文汇、解放及大公均有对张飞虎的介绍，不知看到否？天津新生又送来我兄稿费，因我近来亦很有收入，已电杨循兄函汇给你，想他一定写信给你了。日后我用钱，再向你告借好了。

我的电影没得通过，凌风虽以沉痛心情告我，但在我这是意料中的事，前此并未存过多希望。但其中好像涉及到"儿女英雄传"，但我想，好在那一本书里，也有《荷花淀》。然而，我不同意周扬同志的批语，以为我写的只是印象，而且是想象的印象有"许多"。老实讲，关于白洋淀人民的现实生活，凭别人怎样不是想象的吧，我以为它不能超过《荷花淀》的了，这点我是自信的。

当然也有些懊恼之情，就是不知因为什么我留给别人一个"想象"的"印象"。这是和那一年客里空有关的,然而今天证明客里空的不是我。且《荷花淀》在冀中人民及干部方面,任何时期也并没有遭到非难。我准备把其中一段改写为小说,以便保存民歌三支也。另外,我最近整理了一本小散文集名为《农村速写》,全系在冀中所写报告及通讯,但还太少,因此,我希望我兄于忙过这一时期之后,把你那里《天灯》、《相片》、《投宿》、《家属》(原稿在平山时寄你的一篇小文,没有就算了)寄我,以便编为一集,拼命出版。

摘出这几篇小文,并不影响你那里要编的小说集,因我又写了一篇《山地回忆》,等发表后,可以抵补。

此外,如果有暇,把《老胡的事》一同寄我修改一下。

此外,能告诉老兄的,我正在编一本诗集。

敬礼

孙犁

(一九四九年)十二月二十三日

濯兄:

写去一信,收到一信。你的创作的集中和突击性,很为我羡慕,今年开春,我当努力一下。目前,两万字,在我,都好像很难产生似的,一定要重整旗鼓。

丁玲叫萧殷给我写了信来,陈企霞也写了信来,并说愿意批阅我的作品,这是一种鼓舞,但是虚心一点讲,我那也称得起作品吗?陈还说叫我开"全部目录",我复信说:就是大家全看见的那点,并没有秘籍,用不着开目录,如若不然,就近可以问你,因为你就是我的作品的百科全书。

近来,好像是从你走了以后,我并没有写东西,下一周不值班了,不知能否写一个短篇?

关于那个电影,其实是无足轻重的,我已投之抽屉不愿再弄它,因为我无论如何也不善于编剧的,即便能拍,我们的意味能在影片上占怎样的分量,也很难说。因此,我倒想有时间写一本人物集中,故事一贯的小说,就以这个电影为其前身吧!

关于创作上的问题,因你近来实践多,感到的也会多,望能于创作之暇,书面提及。我近来想的很少,这也是不进步的一个表现。

丁玲他们有愿意我去《文艺报》工作的意思,我暂时不能离开这里,理由好像和你谈过,如扯到时,可同他们谈谈，我是很感激他们对我的关怀的。

十月文丛第二期付印了，我把《采蒲台》修改了一下交出去，那篇东西你是看过的，并不好，我是为了把电影名歌保存下来。

敬礼

孙犁

（一九五〇年）一月七日夜

康濯兄：

收到一信，所谈创作上的问题，我想大致如此，过去所尝试，当有助于更高的发扬，绝非浪费。

长篇我在开始看，然捧着这样一捆报纸，只能正襟危坐，如果你那里有两份（原稿或剪报），可寄我一份，如只一份，则请千万勿寄。

创作问题，我很久没想了，见到你的信，我也想了一下，有些愧痛，因为我之在生活上、人物上，实在是一条小道上来回跑，只是变些姿态罢了。写了一些女孩子的小品，而这些女孩子们在性格和生活上，实在没有什么分别。

在这方面，你比我接触的就广阔多了。我想这是因为我无论在生活上在创作上都不大用心之故，今后要注意一下了。今天写成了同一类型的小说《小胜儿》，给本市文协刊物——《文艺学习》。此后，我想有意识地不再写关于女孩子的故事了，我要向别的生活和别的心灵伸一伸我的笔触，试探试探。愿这是我写作生活的一个划界，以后或是能写或是能写得更多更广宽有力，或是不能再有所施为——这些决绝之辞——我想也只能对你讲讲。

我的一家平顺望勿念，家母已返乡间和大女孩子做伴去了，明年春天也可能回来。

敬礼

孙犁

（一九五〇年）一月十九日

濯兄：

昨或前天，发一短信，顷又接到二月八日信，因被鼓励，有不能止于情者，趁今晚清闲，就再扯扯。

第一，我觉得以《堡垒》及"演义"来说，并非"覆辙",其中特别是"演义",以我看过的一部分来说,在生活及人物的精细刻画上,绝非"章回之体"平常所能达到,在这一方面,你的功力是很显明的,且是得到发挥的。人,一时可为这一倾向吹得偏倚,一时又可为另一倾向吹得偏倚,最近,你检讨章回之害是可以的,有好处的,这是因为它又是一次发展了,然而也不能抹杀自己的成绩。

中国真正的旧小说,很有值得学习之点,正如诗词、戏曲一样,然而后来的流俗作品,则必须排除。小说,如以《京本通俗小说》为短篇之规范,以《水浒》为人物传的规范,以《儒林外史》为人情世态之规范,以《西游记》为情趣变幻之规范,以《红楼梦》为人物语言之规范,则我们可综而得到很多东西。如益之以《史记》之列传写法,唐诗之风情气韵,对我们绝对有益。我很爱好中国旧遗产,但在中国缺少浪漫主义,如再学习普希金及高尔基之热力,屠格涅夫之文字才华,我以为可称大观矣。

以上当然有点腐朽之味,然而,它可以说明我对文艺学习的一种看法,并和你讨论。

我所反对的,是你写什么献古钱之类。我读了前面的开场白，就觉得用这种形式，会把你的内容弄得蹩脚。好像我知道你并不精通这种玩意，而即使精通，一写这个，就流于公式，不仅措辞，而且达意上也受影响。过去我也写过这些东西，并且觉得，如果只在精通这一形式来说，可能比你内行一些，而那些作品，我是全忘记了的。

总的意见是：在你的特长方针下，吸收一切可以补助其发展光大的东西。但不被形式损弱你的特长。什么是你的特长？我以为是在人物和生活的刻画的精深博大方面。不知以为然否？

关于你对我这几篇东西的意见，我自赞同，但你不说，我自己是不能分辨的。例如《小胜儿》一篇，我并不喜爱她，原因就是印出以后读它一遍，它缺少我所习惯喜好的那种热情和我所谓的感动。《秋千》一篇我以为有些热力了，并觉得是我近来有些收获的作品，因此郑重寄呈《人民文学》，但厂民和你觉得它又不如其他篇。这种情况你是了解的。

《石猴》、《秋千》、《女保管》（《新中国妇女》）是《平分杂记》的一连串，如《人民文学》用时，如他们愿意加此副题，望便时转告厂民同志一声。

近来，以偶然相遇，被选为天津青联委员，因此时有讲演之类。我们不善此道，且在一千多人场合讲三小时，真是力竭声嘶。昨讲一场，卧床一昼夜，尚未能恢复，身体之坏，实在只有用庄子方法才可解脱。故决定能推出者一概谢绝，安生写文章比什么也强。近开始一篇《三姑娘的婚事》，预告可有风光和人物的，三两天可以写好。

十月文丛本期登《采蒲台》一篇，系改作加名歌，印出后，你看看，可凑足六万之数了。六万之数，数目虽不大，确也推动了我一个时期。可笑。

新年将近，昨日协同老妻幼子大扫除一番，并为张贴年画数帧于粉墙，购买糖瓜及粉条，博得欢慰不少，愿你同嫂夫人及孩子们新年春节多所愉快收获。

北京新年将更有趣多了。

敬礼

陈肇作品，如北京无出路可寄我。

孙犁

（一九五〇年）二月九日夜半

康濯兄：

寄来《活影子》及"下乡的故事"收到，当即把"小竹"看完，并为我的老妻读了一半，看时觉得材料很充实，但写来有些慌促，读时觉得有些地方还不能朗朗上口，这类性质的故事，如能从容写长些，就会更好。两篇比较，《活影子》更紧张些。

"演义"已读了小半，随感所及，故事既以事件为主，人物就还显得匆忙了一些，还可以展开的。我们写东西，不要怕细，而常常显得慌忙。其中人物，多我所爱，大三兄弟之情，拴成天真之正义，小洋鬼之情景，均极认真生动，惜觉其上下场太紧张了些，未能尽情领略。我意，长篇以人物发展为情节，较为情节支配人物为得宜。近读屠格涅夫，得此领会，不知然否？

田间兄携眷来津，适值我突患腹痛，未得畅谈与从游，他在文协谈了谈近来写诗意见，我亦得旁听。关于此道，我在头脑里，还没明确主见，我只以为如散文然，应多方面学习，特别应该从民间学习，诗尤其必须从山野产生，才能移种花圃，谁得其先，谁为健者。李白之诗专长在此。

不知你新年过得怎样，又有什么收获。年前我写成那篇《正月》（三姑娘的婚事），自以为系本年孙犁杰作，其超乎《吴召儿》，自不待言，全场以诗的节奏充沛其间，人物风光，两相有。玛金捷足先登，攫此宝物，不知能通过否？如能登出，望兄看看。

休假五六天，心绪很散，正在收揽，期有所成就，主要是写出我对"演义"的意见。

敬礼

孙犁

（一九五〇年）二月二十三日

陈肇稿收到。

此间读者书店，真诚愿出版"演义"，不知兄意如何？望告。

濯兄：

来信收到，你的情形，你不来信，我也想到的，来信所谈，恐还没有我想到的具体。我也没法代你找到理论解说，忍耐忍耐，硬着头皮写东西吧。

关于方纪小说，我的意见亦如是，他自己也承认这一点。关于这一批评开始，在天津发生的影响，据我了解，大家写东西和编东西，都要慎重一些了，是有好处的。

关于我近来，从过年后，不知道为什么安不下心来，现正努力纳入正规，想写一篇童话，题目是《上延安》。还没有开始，准备写三万字，插图，像小人书似的。

昨天接到杨思仲一封信，说是要看过我全部作品后想写文章，并且提出了一些问题，我已答复了。他想看看《杀楼》及《吴召儿》等没上集子的文章，我说存你那里，如你见到他，可借他看看，在不妨碍你编集子及不会遗失的情况下。你编集子，望你审慎选择一下，你觉得没意思的就可以抛出来，我绝不反对。有些字句情节不妥的，也可以下笔勾销，也不用和我商量。

关于我的作品，我简直是喜怒无常，昨天读了《"藏"》一遍，也觉得不错，又一想，也没有意思，总之创作上的情绪，近来又不正常了，我想这是不努力工作所致，写起来就好了。《新中国妇女》那篇稿子退回来了，我看了你改动的地方，这样一改，故事人物集中了好多。但这篇文章里面还有些问题，所以我保存下来，不打算发表它了。

所要那种书，当找来寄上。你是否有一本《鲁迅、鲁迅的故事》？如果有，望寄给我，因为《少年鲁迅读本》要再版，我想把这一书里较有意思的拉出来放进去，其余的就不再提它了。那本《农村速写》上海退回来，嫌薄，我已托人插图，交这里书店印出。"黑石坡"到底交哪里出版？此地读者书店问我好几次了，望明确示知。

孙犁

（一九五〇年）三月二十一日下午

濯兄：

前寄短信想收到。不知近日写作什么，长篇什么时候出版，交哪里出版，望一并见告。

我近日上班，写作一童话，开头后即中断，这不一定是忙，而实系懒之故。也牧拉稿，盛情难却，昨日为草一短论，题为《解放区作品里的现实主义》，是他要这样的题目。写成后,弄得我也不知是文不对题还是题不对文,总之是寄给他了。因此想起我兄是否有时间为我们的副刊写些杂文。我们现在正努力找写杂文的路子,但总找不出新的杂文应该怎样写法,至希我兄示范示范如何,并望代为邀请他人。《文艺周刊》近亦缺稿,亦望支援。兆阳小说已收到,望转告勿念。

"黑石坡"介绍,弟一时想不起新鲜论点下笔,但总是要详细写一下,好像才能放得下。我剪了份报,订成一本,中间缺少两节,昨日由《新生晚报》补全。

寄杨思仲同志一纸书评,他要参考的,顺便时交他即可。

《鲁迅、鲁迅的故事》,记得兄前称存一本,如有,望速寄我,我想择其有用者编入《少年鲁迅读本》。

嫂夫人仍在工人报社否?

敬礼

孙犁

(一九五〇年)三月二十八日

康濯兄：

前去一信，不知收到否？方纪近暂管中苏友好事，我得每天上班，事虽不多，但颇烦累，护士节拟写一故事，迄未得成。

不知近日有作否？"黑石坡"出版日期确定否？我那集子杨思仲看完否？研究院筹备就绪，以及我兄在其中任何种位置，均望见告。

弟近日颇有怀乡之思，以为长此以往，将不能写东西。熬一个编辑，亦非所愿，去当教员，也不见得有时间，而无生活则为大苦。

不能创作，改作研究评论乎？也觉得无材料无心得，所得无益于大众。近日思想情况大致如此，汇报如上。

我那个集子，望兄慎重挑选一下，不行的就留下来吧，多一篇不见得比少一篇好些。

敬礼

孙犁

（一九五〇年）五月十六日

濯兄：

　　信收到，意见已转知王林，他说改的不少。此书弟尚未看完。

　　学院事，兄如能取得一机动位置，并能从事创作，较之文协，亦未为不安静一些，希留意一下。

　　弟近日心又稍定，编校一年短文，成《文学短论》一册。另写成《山地回忆》之二一篇，改好《女保管》一篇，均各五千余字。昨日此间中西女中校庆纪念，邀弟讲演，遂把前者原稿携去，在大庭广众之下效说书人姿态，演义一遍，颇得女孩子们掌声不少，亦云奇矣！

　　但这两篇东西，是否近期发表，颇为踌躇。弟意兄处短篇集如能赐名《采蒲台》为妙，因其可与"荷花""芦花"对称也。兄如以为《正月》最好，弟当服从。

　　弟并有意把《山地回忆》作一集，内收《吴召儿》、《老胡的事》、《山地回忆》一及二（各另标名），但如分开，则不够六万之谱，故虽有如此想法，只能待诸未来耳。

　　兄之长篇弟当勉力为一书评，且日前研究心思大胜之时，并有写《康濯论》之动机，接兄来信，不以弟研究为是，此心稍杀，然仍跃跃然欲一为之。
敬礼

弟 犁

（一九五〇年）五月二十六日

近日颇思编一诗集，已各处去信收罗旧作。

康濯兄：

前信想已收到，那篇《甜瓜》不知你看了没有，我等候你的意见。我的"变动"已经决定了，周扬同志给市委写了一封信，大意谓可不叫我长期做机关工作。报社也在调整机构，副刊部改"组"，于是决定我下厂（市委同报社不愿我下乡），兼编《文艺周刊》。我考虑了一下，同意了这个决定，下星期就到此间中纺去，过一个时期再转重工业，并拟到唐山。我的工作法是写短东西，有收获就写，并不准备写长篇，就是写我那《农村速写》一类的东西。这一阶段过去，再从事关于农村历史题材的较长作品。

我想这一决定，在我——你之间应该是重要新闻，所以放在了头条地位，马上通知你。你有什么意见？

我的通讯处不变。

敬礼

弟 犁

（一九五〇年）六月二十九日

王炜来一信，很愿参加文研所，望兄努力争取把他调来。他有一个小说集，我正想法给他出版，他是有才能的。最好能通过组织指名调他，方为有效。

濯兄：

一、寄小说稿可要回交我们，《文艺周刊》近稿荒。

二、王炜信已收到，如见面望转告他，如他有时间，我欢迎他来天津玩玩。

三、邓建桥在哈尔滨中苏友协。

四、《文艺周刊》希兄拉稿。万分紧急。

五、我近来本想忙里偷闲写些东西，然长篇只开了一个头。下周一定坚持振作地写下去。

六、我近来的工作（？）情形是每天去工厂跑跑，回来就客里空一篇速写，已速六次，不想再速，集中力量写创作了。正如在我那伟大的速写之一篇所写："必须工作的出色……生活在这个大都市里，曾经有各种不同的生活和感情引诱过她，然而她选择并执着了这一种……"

七、三联书的问题弟没什么意见了。

八、演讲一事，只听掌声，此外费力不讨好。弟近来颇为此事所苦，特别是女孩子们很热情来邀，更不好意思驳回。明天又要去中西女中参加她们的返校节，得早些睡觉，不写了。

敬礼

孙犁

（一九五〇年）八月四日夜

另，下学期弟到此间师范学院担任一点点功课，十七个人一班的创作实习。为什么又揽这个？是因为弟有时也苦于接触的人太少之故……

康濯兄：

来信敬悉。当告他们不再勒索，然稿件一定要寄来才是。

我回津后,以饮食不慎,又患赤痢一周,幸服消炎匡痢定药片得愈,然经此削伐,已显大疲,因之这些日略无成就,只写两篇"速"而已。不知为什么近年生活好了,反较过去吃糠咽菜的时候好生病,空气阳光之不如山野,拟老天真将不假以岁月乎?

长篇只开头,然已又不知不觉写到哪里去了。你说我还能写长篇不能? 我是没有信心的。只好等秋凉以后再集中了。

田间兄赠书收到,望转谢。

王炜事仍希玉成之,他的小说集近日出版。

专此

敬礼

弟 孙犁
(一九五〇年)八月二十三日

康濯兄:

信收到,"前信"遗失,甚为可惜。

上次信关于七一稿件事，仍希兄主持催促一下，甚为稿缺，《文艺周刊》近来颇不起色。

《风云初记》二集，弟已决定暂时停一下，此举亦并不无些好处，可以慎重和好好地组织酝酿一下。所以如此，以弟近日实无创作情绪，散漫发展下去，失去中心，反不好收拾。且近日的要求，亦以配合当前任务为重。就坡下驴，休整一时，也是应该的。因此停了。

但我想，如果身体能支持得了，我是不会辜负你对我的殷切关望的。老实说吧，如果无你历次对我的鼓舞，第一本恐怕也写不成了。好在写了一本，且也无甚大过失之处，想兄亦不会因此失望的。

续稿或于今冬完成一部。在此期间，弟当做一些编辑工作，和多接触一些人。

萧也牧处稿，希兄考虑收回。我想把"天下"的《嘱咐》收回，合并为一小说集出版。然这些事不要过烦你病中的身体，心闲时代为筹划一下就行了。

敬礼

孙犁

（一九五一年）六月二十三日夜

康濯兄：

想近日兄已安抵首都。在山西于大雪放晴后之来信早已收到。以腊月中旬，弟由一村庄转移到另一村庄，转移后又以生活不定，又贸然进入一空而且大、久无人居住之冷屋，睡眠两夜，乃患感冒。幸以下乡以来，抵抗力加强，未致卧倒，今已痊可，望勿念也。而复兄来信已延迟颇久。

弟原住城北淤村，近移居城南东长仕村，此村四面沙岗，颇多果木及园圃。夏景当可观，冬季亦较一般平原村庄为出色，盖大平原上之小山林也。房东条件，亦较淤村略为活泼，因房东系村妇会主任之故。物以类聚，每日来往，乃一变而为伟大的妇女同志们。做饭一事，已颇为便利，人多手杂，乃有人浮于事之慨矣。弟尝叹世事之矛盾发展，变化无常，在淤村所苦只见小伙子，而至此又不得不偏重于另一方。近值年节，农村一片过年之前奏曲。会议亦不好召开，因妇女要磨面做饭，男人要赶集上店也。

兄到京后情况及京中情况，望告知，有何写作，亦望告知题目及发表地点。《风云初记》二集据云清样最近寄来，出版前，未知兄有工夫再看一遍否？因有一些修改处，亟须我兄最后审定，我才放心。另外，此书丁玲同志到底看过了没有，亦望探询见告。

来信仍由安国县委宣传部转。

专此

敬礼

弟 孙犁

（一九五三年）二月六日夜

康濯兄：

函敬悉。关于小说，我以为写得很充实，但在形式上用一人说的办法似较时间太长，然既系爱人之间，惟恐话短（我有一次因半点钟之内一句话也没说，一个女同志就不喜欢了），长一点似亦无妨大体。不过这种形式究是外国的，一般读者一时尚不能习惯——这就是我的意见。别人的意见，报社同人谓此篇比前次一篇好，故而此次稿费已批准为"甲等"矣。

至于弟职权之内的，在发表时只去掉一句，另有一些字，系根据标准字汇改过——自然是编辑同志们的工作。他们的工作，据我看来，就是这些：改简称为全通称,"照顾政策",过总编和秘书组(专门批错)的关,因为只是应付,所以在文字上并不能进步,这实在是当编辑的一种苦处。

至于弟之近状,前次信已略提到,最近要集中精力写完"风云三",完后或到京一游,临决定前,再函告兄,准备行营可也。

天津入春以来,只是刮风,近郊十里,当似荒漠,无可观览。近日买了些书本,然亦不好,故亦不费钱。长女响应祖国号召,已去石门工作,彼在石家庄棉纺一厂。此后天津少了一个牵累,对于我今后行动,颇有帮助。

论文已读过。

敬礼

犁
(一九五四年)四月二十二日

致王林（七封）

王林同志：

蒙赠戏票，得观《刘巧儿》，实佳剧也。

此剧得保存陕北风光，如巧儿之父在舞台形象上，颇为真实。曲调上亦运用"刘子山"等调，情绪颇合。

巧儿演剧，自以过桥及采桑两场为好，盖其得天地之自然，能歌舞并进。其哭调采用越剧，实较京剧及评剧为真切。伴奏也好。前场与幕后的配合亦颇有剪裁。此剧较初演时已增唱词，恐愈演愈佳也。

专此

敬礼

孙犁

（一九四九年）星期五

王林同志：

稿收到，当即看过，肯定是可以用的，写得不错。但因年前要登剧本，恐怕要在年后刊登。因此，你是否可以把打仗那一段压缩一下，因读来，虽写得火炽，但颇沉闷无内容也。你脑筋不好，我也可以代你删节，但不知是否同意，请决定后电知邹明即可。

昨日《人民文艺》刊一九二五年俄共决议一件，前有按语，似乎我们的文艺政策要有新的决定了，不知看过没有。二十五年以前的经验，正好指导我们的理论，我看后很满意。我家中尚有一册陈雪帆《苏俄文学理论》，有便人当捎来，以便查考有利条款，与理论家们一争一己之长短也，呜呼，岂有此必要哉！

《风云初记》自信并非过眼云烟，热闹一时者，我恐不得好评，因不合已经如风云叱咤之空气状态。我有一个女弟子看了我的小说，说不如某某的，可见空气已经造成，而不按空气看事的读者甚为寥寥。

我当奋发完成此书，且计划不小。盖亦文人之通弊，希历史有所取择耳。

家母只是老病，来信已愈。家庭事甚为麻烦，近日颇有干脆之意。承问，甚感。

即复

敬礼

孙犁

（一九五〇年）十二月二十九日晨

王林同志：

信收到，我也要给你写信的，就是请你写一篇纪念"七一"的短文，关于抗日战争的生动故事就行。

康濯好久没来信，田间回来了，然慰问团还有很多工作要做，没有替班，他一时也许不能成行。

文坛除武训问题外，我认为重要者，一即魏巍（红杨树）归国后发表的惊天动地的通讯：《谁是最可爱的人》,这真是能推动现实的文学作品,他的文章有普遍的共鸣性,其所以能写得出,除去一些别的条件外,在于他长期做部队工作,对我们的战士的心理和形象是有积累的感觉和感情的。

其次是萧也牧的倾向问题,陈涌的文章,想你已经看见了。

《初记》之停,一因我有此心情,二因我闹了一场病,症候像发疟疾,医生也按着疟疾治的,但发热持续近廿小时,病后我又不慎重调养,两个星期没得恢复,现在才能写文章了。当时本可以续登的,因为手头还有稿,但一想,就坡下驴也是中国人的好办法,就停了两期,现在又接着写了,不登也有好处,就是怕我这个人有时浮躁,有时又不能坚持,一放无踪影之可能,也是有的。当然要克服。

其他一切如常。范瑾同志调宣传部工作了,又少了一个鼓励我的人。

我母亲还好,老人心气儿很高,老愿意玩,我又是一个不爱活动的人,所以有时她也想家。小平去承印所折了两天半书页,一共挣了三千五百元薪资,又嫌累不去了。我说先叫她学习点儿文化吧。内人腹中有盲肠炎的(慢性)性质,她很信西医,每天往返于总医院四医院之间，也许要动手术。总之，负责到底吧。

敬礼

孙犁

（一九五一年）六月十六日

王林同志：

我自一月四日离津，五日返抵安国，日前又转移到城南六里东长仕村，此村过去有一香火庙，深、武、饶、安颇知名。村周围皆系沙岗，地质不好，农民生活尚不及城北。但干部多系五一时经过考验者，群众条件亦好。在淤村时，房东两代光棍，难见妇女音容，此次房东则系青年妯娌姑嫂四人，往来者亦物以类聚，皆系被提高之流。在淤村时，做饭要求旁人，在此，则帮忙的妇女有人浮于事、亟待精简之概。加以时近五九，天气渐暖，实下乡者之福音也。然初来时，被村干领入一宽敞之冷屋，几乎感冒，仗近日抵抗力加强，未成病痛，亦颇玄也。因此，不再要求宽敞及卫生，乃与小毛驴同居，每夜嚼草之声颇为悦耳，溲便之味颇为刺鼻，小铃簧簧之声颇为扰人睡眠，喂牲口的人时出时入，凡此种种，在城市为万万不可，在下乡为无可奈何，且系生活之自然音响节奏，文艺工作者不远千里以求者，岂可不及时采撷，以备创作时之需乎？卫生部已提出在一九五三年克服"人畜同居"现象，恐一时不易见诸实施也。

据邹明同志来信，小说尚未改好，不知近日进行如何？甚念，望告。前次返津时，路经定县地委，尚与林达宇同志晤谈，此次回来，因正值半夜，故未去打扰他们，到安国始知他已被调进京整饬，官场风波，实有不测也。专业创作，较为上策。

春节，敝眷属拟来家，如此，我将在故乡度旧岁矣。

下乡已近两月，因生活不定，油灯不亮，营养不足，未敢为文。康濯兄已从山西返京，拟写些短文，再为下去，分为两截下乡，自然也是一种变通办法。不知你最近和他通信否？

专此

敬礼并致信

大刘和小孩们①

孙犁

（一九五三年）一月三十日灯下书

---

① 大刘，王林之妻。

王林同志：

　　来信敬悉。我行于四月底回天津，小说稿希于到津后再看，勿寄东长仕，因在村中，亦不能静读也。康濯尚未见行动，此次他到哪里去，也不得而知，俟他来信后再报。京中似在讨论社会主义现实主义问题，以及作家专业问题。对程咬金式批评（人谓该批评家等为李逵式，其实不然，李逵战斗，虽目标不明，然易于认清后即反省，且其战斗力亦实充沛。瓦岗寨英雄中，未有如程咬金之无能者，每逢上阵，速砍三斧，三斧不胜，则扭头就跑，故对付此种人物，必以不为其吓倒为得计。然程在瓦岗，号称福将，活到八十，一笑而死，殆亦有其特色）已有非议（见《人民文学》第四期短论）。鲁迅云，文学的一个要素为"韧"，前仆则后继，不骄不馁。

　　专此

敬礼

孙犁
（一九五三年）四月十五日

王林同志：

你离津前留信，收到，游泳证已让小达取来，但他近日因转搭碰伤了腿，不能下水，等小森考罢中学后，他们一同去。

昨又收到你从北戴河来信，如此详细的调查报告，证明你有做事务工作的能力。

但目前我去不了，原因是《风云初记》处在一种困难的写作状态里，我要努力写到一个阶段，然后再作别的打算。《文艺周刊》发表了五节，这是因为是一个机会（七七）邹明为了刺激我的写作热情才拿去的，其实不是什么刺激，是加重负担而已。今后拟每遇一与抗日有关的机会，就发表五节，因为眼下，不在配合的名义下，登这种已被人认为非常陈腐的历史的题材，是非常不看头势了。另外，家中也没办法跟我走动，我是没有你的干净利落的。你先在那里住下吧，以后，我临时去了，可以有个落脚的地方就是了。

接康濯来信，文学研究所已改组，他已决定为全国作协之人员，拟与马烽伙租一小院当作家。他不久或去北戴河,你可能见到他。

  专此

敬礼

并望常来信

孙犁

(一九五三年)七月十一日

王林同志:

  你费心为我写的赴青岛介绍信,从济南、上海旅行一次,又回到天津,我才收到。这因为你廿二号写的信,我廿一号已经在晚上回到家里了。我此次只到济南、南京、上海、杭州四处,总结起来用散文的形式说是:花钱,受累,看风景;用六朝文体说是:徜徉于山水之间,奔波于车站之上。在济南玩得最好,南京较次,杭州虽系高潮,但因已非常疲累,没有玩好,上海则因非常不惯,急于离开了。(住在国际饭店,那种生活方式,实在使人神经衰弱。)

  我本来是要回济南转青岛的,鉴于太麻烦王希坚不好,且因上海车票不好买,一买到手就直车回津了。

回来以后，对外封锁消息数日，盖因修改《铁木全传》颇为紧张。此稿行前从报社领导要回（他们没看），拟在路上修改，但除在杭州灵隐寺因雨校改半天，没得动手，回来以后，突击五日，初稿完成，已交亢之同志审阅。其实没有多少字，只三万五千字，我前和你说"十万计划"，只能待后努力了。

这两天看了《十五贯》外，正学习《战争与和平》，作为修改《风云初记》的准备工作。这几年我浪费时间看了一些旧书，对创作没有什么用处。

介绍信存我这里吧，因为今后还是有机会去青岛的，备用吧。

专此

敬礼

孙犁

（一九五六年）五月三十一日

致葛文(两封)

葛文同志：

你的小说稿寄来很多日子了，我现在才集中时间给你看完，这是因为这些日子我这里很杂乱，希望能得到你的原谅。

就谈谈我对这部小说的意见吧。我觉得，小说的内容是很充实的，生活是真实的，丰富的。小说的整个结构也是完整的，好的。几个主要人物的性格是明朗的，他们之间的关系是有机的。这是小说的优点之处。

它的缺点在于：虽然结构的大体是构成了，但是在细节上没有很好展开描写，有些情节是轻重不分的，因而就有些地方显得重复了（例如农民对社□骚动）。中农张老海的性格写得不够完整，有些地方显得矛盾（不突出）。□文中的性格没有更作突出的描写。其他人物也大体如此。在语言文字上，还需要修改，充实，洗炼。有些地方的对话公式化，概念化。

总起来说，我觉得这部作品，经过你的修改、充实，可以成为一部很好的作品，我希望你能慢慢地想它，改它，不要放下，不要气馁。

问田间同志好，他近来发表了很多很好的文章，我很兴奋地读了。专此。

敬礼！

孙犁

（一九五五年）三月十七日晚

葛文同志：

收到你十一月七日信。

田间同志的逝世，使我非常痛苦。我们之间，也不是没有过小争吵、不愉快，但我总觉得他是一个忠厚的人，真诚的人。这种人，目前并不是随处都可以遇到的了。所以，我很怀念他，因为怀念他，今天见到你的信，我的感情又很波动，几乎流出泪来。

你知道，这两年，一些老熟人，不断地逝去，我却很少写悼念文字。因为有些人虽然很熟，但留在我心中的印象，总不太明确，觉得文章不好写，也没有多少话好说。另外，也接受一些经验教训，话说得直了，家属不高兴。家属总愿意把文章写成悼词似的。这种心情可以理解，但写起来就没有意思了。

老田是例外，是我夜里起来写成的。我也没有忌讳，我知道，即使我有些话说错了，你和孩子们，还是可以谅解的。

古人云：死者已矣，生者何堪！但是时间会渐渐沉淀生者的痛苦，向别的方面转化，用有效的工作来纪念死者。

这也是我对你的希望。把老田的遗著，好好整理一下。你自己也可以多写些文章。近年投稿不易，不要管它，认为有意义的，就用心把它写出来，总会有用的。

我一年不如一年，今年尤其显得衰老。心情忧郁，几乎是足不出户,文章也写得少了。总没有给你们写信,原因就在这里。

保重自己的身体吧!有机会可以到天津来玩玩,天津家里还有人吗?

孩子们也都大了,我想他们会好好工作,用成就来纪念他们的父亲的。

祝

好!

孙犁

(一九八五年)十一月八日中午

致徐光耀（十九封）

光耀同志：

昨晚写一信。今日即收到寄来之照片，欣赏一遍，非常满意。明芳的已经妥为转交，希勿念也。

李桂花那个人物，确实可做一部作品的主人公，略其弱点，突出其舍身为人的精神，确实是很能感动人的。

这两天翻阅浩然新出版的长篇小说《艳阳天》，这是有生活、有情节、有语言、有人物的作品，虽然我是"跳"着看的，但很赞赏。这几年确是有些作家在努力，在进步。我们都不能固步自封，要看看其他同志的成绩，多加努力——这是我随便想到的。

很希望早日读到你写的剧作。明年春季我们去白洋淀转转吧。

敬礼！

孙犁
（一九六四年）十一月二十五日

光耀同志：

刚刚接到您十月二十日的信，我立即找出一张字幅寄给您。我不会写字，近来手颤，已很久不写了，留个纪念吧。

我也正想给您写信，我今天读了《长城》上您的两篇小说，觉得很好，尤其是第一篇。您如此年岁，还能如此用功，一丝不苟，在艺术上精益求精，实属难得。

我也看了贾大山的短篇，还诌了四句顺口溜：

小说爱看贾大山，平淡之中有奇观；
可惜作品发表少，一年只见五六篇。

供您一笑。

正在读铁凝的《他嫂》,文长,还有两节没读完。铁凝的文章,才真正是行云流水。我的"行云流水"远不如她。

天骤然变冷,我的心脏又不适应,然不要紧,希勿念。究竟是太老了。

写写散文好,但要注意休息。

即祝

全家安好!

孙犁

(一九九二年)十月十二日灯下

光耀同志:

接到您十一月三日的来信,知您又犯病一次,甚为惦念。冬季对老年病人,威胁很大,务希注意保暖,注意休息为盼。

我每年到这个时候,心脏也不稳定,到这个时候,我也特别留心,停止写作,书也很少看,情绪要保持稳定。比如昨天看电视,中国队与日本队比赛,心跳得厉害，我就把电视关了。只是举这么一个例子，希望您注意情绪的外界影响。

铁凝那篇小说，已经看完了，看时只注意故事和文字，也没有看出是什么主题，看完，也没有再去想它。现在，不像我们过去那样重视主题了。讲究"淡化主题"，作者如此，读者也如此。

书信，删去重复的几封，很好。

即祝

冬安！

孙犁

（一九九二年）十一月七日

光耀同志：

昨日奉上一函，谈正事。还有些闲话，今日续说：文集一事，动手于一九九〇年十一月，我原以为还像一九八二年一样，同社方及参与编校者同志座谈了一次，交出稿件，致以希望。其实，事情却与过去大不相同，屡出差错，我多次发现致函社方，郑法清同志注意到，才亲自抓，组织了一个较强的校对班子，共校了三遍，我又亲自把续编三册校样，从大局看了一遍。所以最后结果，还算不错，书出来以后，我很满意，也很高兴。您也看出，还算校得认真。

书据说卖得还不错，现已涨价到三百元，黑市且有售价四五百元者。不管怎样，出版社不赔钱就好，据说还有些盈余，再印些续编的普及本，以供应曾买第一版五卷本文集者。

现在印书很难，我们希望不高，于生前能看到这么一部印本，也就心满意足了。过去，我们的作品，不是只能在墙报、油印石印的条件下发表吗？情绪不是很高涨吗？事到如今，也该知足常乐了。

务望您注意休息，少介外务，以养身心，并希望多给我写信。

祝
春安！

孙犁

（一九九三年）二月二十一日

附近作二首：

一、为保定荆小珍题条幅（帮忙人之女）：

> 保定风光好，抱阳一亩泉。
> 莲池多古迹，少年曾流连。
> 至今不能忘，秀水白衣庵。
> 旧事已成梦，故人散如烟。

二、为娄向丽题条幅（娄凝先之女）：

> 八年争战成陈迹，故人音容已渺茫。
> 只有白发存记忆，太行山顶衰草霜。

癸酉春季

光耀同志：

前来信两封，都仔细读过。所删字句甚妥，"局"字亦无误。

只有老朋友，能说出知心话，您所谈写作与我身心的关系，实为至理名言，我应该听您的话。但确实很难了。近日身体有急遽下坡之势，前几天，本来写好给您的一封信，后因其中情绪不佳，就废置未寄。

我愿意在我心情较好的时候，给您写信。再谈些闲事：

我从去年就通知各地亲友，不过生日。这是考虑到主客观各种条件，才决定的。然对文艺界朋友的热心，我还是很感激的。我说：组织一些有内容的文章，或作一些小规模的、实质性的座谈，也无不可。

今年人们又谈及此事，天津方面，根据本地情况，已定按我的提议办理。北京刘润为同志来信，我也以此原则相告。前几天，浪波同志来舍，据所谈拟议，我仍以为规模太大，人数太多。但未与争议，只表示感谢而已。

当前，"研讨"、"庆祝"，已流为形式。而一举一动，都要花钱，文艺团体又穷，只能去拉"赞助"。

"花钱买名声"，尤其是"花别人的钱，替自己造声势"，我极不愿为，而耻为之。但这话，只能向老朋友说。请您在开会时，再委婉地申明我的主张。光耀，我们苦难一生，到了晚年，还争个什么？特别是和"别人"争个什么？那会有什么用处？

此信暂时"保密"，但方便时，可复制一份寄我。

即祝

春安。

多加保重，少生闲气，看点有趣味的书。

孙犁

（一九九三年）三月十五日晨

光耀同志：

三月二十三日信收到。周申明同志已来过舍下，我把意思都向他说了。

那张照片，我这里无有，也忘记了。但我送您的东西，不愿收回，以后也印不了多少书了。如有可能，可翻拍一张寄我。如不可能，您就保存吧。

我说的有趣味的书，指的是让人开心的书。高雅的如《太平广记》、《阅微草堂》之类。通俗的如《杂纂》（李义山）、《笑林广记》之类。

《笑林广记》，在我幼年时，庙会上有卖的。"文革"前，曾托旧书店给找了一部，纸是草纸，字是不识字的妇女们刻的，东一刀，西一刀，多一笔，少一笔，就像灶王爷神像上面刻的那种字体。"文革"后，有一位乡亲，是老八路，在警备区当干部，他向我借书看，我想这部书或许他喜欢，借去了。

你可能看过这部书，虽然不登大雅，我以为是笑话书中的精品。其中当然有不少庸俗的内容，但我并不认为那是"下流"，较之当前的黄色小说，艺术高超多了。可惜看不到新出的版本。过去乡下还有一种小石印本。

这也算我给你说了一段笑话吧。

我的病，主要是消化系统紊乱，不吸收，现正积极医治。

祝

春安！

孙犁

（一九九三年）三月二十七日

光耀同志：

我大病一场，幸得生存。

患病期间，您前后来信，均得拜读，系念之情，深为感谢。

自今年春节，我的病急转直下，发展很快，到五月二十四日晚，忽然休克。当时，我一人在屋，非常危险。次日，被迫住院。先是内科看，又延误一些时日，后经专家会诊，方弄清是什么病症。

此次大病，全怨我平日不愿动弹，从不检查身体，又不明生理及医理，造成恶果，几个月来，所受痛苦，实难尽述。幸手术成功，目前在家中静养。然究竟年老体弱，大伤元气，恐短期内不能恢复。

知挂念，谨报告如上。即祝
近安！

孙犁

（一九九三年）九月十三日

光耀同志：

十一月八日来信，今日收到。信改动得很好。我的身体，逐渐向好的方面发展，勿念。

没事，逛逛小市，花不多的钱，买些小玩意，回家拾掇拾掇，确系消遣解闷之一法。但据我的经验，一不可太上瘾；二不可花大钱。你想，真正的文物，哪能卖到我们手里？我想，也到不了石家庄旧物市场上。

近年出土文物之多，以前各朝各代，都不能比，原因不必说，是动土的机会太多。但真正的文物，在民间流失惊人，河北为一走私重地。所剩破碎小件，也必然到了京津贩子之手，我们外行人，决不会买到便宜。

但近来文物方面的工具书，出版不少，关于瓷器，最近复印了《饮流斋说瓷》，可以看看。但据我的经验，看书是看书，不懂还是不懂。所以，从事此道，最好是多看实物，多到博物馆，多到出土现场（您有这个条件），多请教此道上的行家，增加知识。但也只是玩玩，既不想买古董，也不想当专家，只希望不上大当。上点小当，也是玩，也是乐趣。

我老了，什么乐趣也没有了，"文革"前，买了一些零碎，"文革"中，糟蹋了不少，剩下的，存放在那里，连看也不愿看了。你说的那件所谓"明瓷"，并不是我买来的，乃是老伴生前从她娘家拿来的。

我闲着没事，和您胡扯，也是为了练练笔墨，不是给您泼冷水。

余后叙，即祝
冬安！

孙犁

（一九九三年）十一月十二日下午

光耀同志：

祝您新年快乐，全家幸福！

我的身体，逐渐恢复正常，室内生活，可以自理。每天整理整理书籍，找出一些过去买了而未细读的书，消遣消遣，近读《民国通俗演义》。每天也练练笔，给朋友们写封短信，思路如常，文字尚无大碍，春暖后，可望下楼走动走动，也可以写点文章了。

看《人民文学》广告，您又写了小说，刊物到后，一定看看。最近您又买了些什么古董？有些仿古瓷器，我看比较实用，真正出土的东西，放在屋里，也不一定好看，这都是外行话。

即祝

冬安！

孙犁

（一九九四年）一月三日

光耀同志：

来信收到。青花瓷，确是一种艺术。天津旧家，有个叫"青花孙"的，专收青花瓷，我跟一个卖古董的曾去他家，但所见瓷瓮甚少，只剩了些放瓷器的架子，都是紫檀木的。青花，据说以明代为最，清初次之。河北民间，尚有不少遗留，除盘以外，康熙大碗，据说别具一格，请您留意。

我也买过一些，都系仿制，有一个青花瓷瓮，"文革"后留给孩子盛面粉，现在我手下，还有一个青花大花盆，年代旧一些，但养花则死，干别的又有洞，只是陈列在柜上。日本青花，我买过不少，多已糟蹋。

买些玩艺，确是养生之道，青花尤其雅素，如水墨画，变化无穷，民间多有，石市易得，可多收集，但不要买太贵的。十元左右，这价格太合适了。

我一切如常，前些日子，不慎重，感冒、腹泻各一次，及时医治，已愈勿念。便秘，多吃菜蔬，红薯，比吃药好。

即祝

冬安！

孙犁

（一九九四年）元月十一日

光耀同志：

　　昨天收到《人民文学》，晚上阅读了您写的小说。这种事情，在时代上说，已成逝波；在情感上说，乃是积淀。老来写出，是一种陶醉。但有人很忌讳回忆这些往事。当然另有原因，主要是些为人师表的人，也无可厚非。流水溅溅，溅溅应为潺潺，这是我现查字典才能说准的。

　　我一切如常，勿念。我病后写给您的信，也希望您整理一下，另外请您通知映山，请他把我病后写给他的信，抄一份寄给您。也请您代为看一下，删去有碍字句。然后合在一起，我准备发表一下，当然不忙，要看时机。您看可行吗？

　　祝
春节好！

孙犁
（一九九四年）一月二十九日

光耀同志：

　　二月十二日信刚刚收到，上一封也收见，谢谢您。

信，标题及编排都很好。投稿，一、不要勉强人家；二、也要投信得过的报刊。我说的"时机"，就是等机会，不忙于发表。《天津日报》最近要发我给邢海潮的信，所以不能再寄给他们了。《文艺报》、《河北日报》如果欢迎，可以给，否则先在您那里放放，以后再说。

积习难改，春节《人民日报》刘梦岚来，我交她一篇短稿，又寄一篇给《新民晚报》，这就是说，又开始投稿了，您听到，一定很高兴。

即祝

春安！

孙犁

（一九九四年）二月十六日下午四时

光耀同志：

来信敬悉。

买玩意儿，不能强求，行家谓：可遇不可求，是经验之谈。但有时遇到又放过，叫作失之交臂，这就是没有思想准备。

市场，大盘多而大碗少，我想是因为在民间，碗用的时候多，容易打碎，而盘，特别是大盘，在乡下轻易派不上用场，所以保存下来的机会就多了。

天津在下过一场春雨后，天气变得暖和了，我正在做下楼前的准备——活动腿的关节，然后在孩子的照顾下，先一层一层地下，不要发生意外。

近来还是胡乱读些书。希望您注意身体。

即祝

近安！

孙犁
（一九九四年）四月十五日

光耀同志：

收到来信。此次见面，终以太匆促为憾。

我一冬天未洗澡理发，身上及衣服都太脏，知道朋友们要来，我抓紧做做卫生，以免太不像话。您走了以后，我即洗了一个澡，换了换衣服，吃过午饭，略事休息，客人即不断，敬之那一拨，竟有十来个人，我们家从来没有来过这么多人，又是交谈，又是合影，我的心情是：无论如何也要顶下来。结果还不错，朋友们皆大欢喜，可以说是尽欢而散。此后，又来了两批，说话太多，有好几天，我都感到很累。心情是复杂的，朋友凋零，剩下的白发苍苍，老病侵身。革命，文学，似是而非，非一言可尽，感慨系之！

昨接肖复兴来函，他读了《长城》上的我致您的信，又写了一篇读后感，已寄《今晚报》，尚未发表，我生怕引证原文，又触时忌。

自本月中旬，就安不下心来，书也读不下去，每天写点字，也写不好。写字要临帖，我就是临不下去，所以字一直写不好。

希望您注意身体，多写点东西吧！

即祝

春安！

孙犁

（一九九四年）四月二十八日

光耀同志：

这封信到得特快，您四日写的，五日付邮，六日下午我即收见，过去没有过。

浮肿有多种原因，心、肾营养不良，缺乏某种维生素，神经不稳定等，都可引起浮肿。我患此病已多年，多在热天，冬天即好，白天肿，睡一夜也就消了，所以我也没拿它当回子事。去年住院，亦未出现这个现象，故医生也未谈到过内脏有问题。我还是不愿到医院，因为那会全家大乱。

《中流》上那篇文章，我还未见到，因我的《中流》由报社转，还未送来。

大山开列的几种佛经，是原本佛经。韩大星给映山寄的佛经，都是现代化了的，没意思。重要经典，我还真有几部，都是木刻的，即金陵刻经处印本，解放初，没人要这种书，我捡了一些，但我一直读不进去，只背过《金刚经》的四句偈言，即：一切有为法，如梦幻泡影，如露亦如电，应作如是观。

您觉得有意思吗？

即祝

大安！

孙犁

（一九九四年）六月八日

光耀同志：

前后两信都收到。一个多月，每天一手摇扇，一手拿毛巾擦汗，书也看不下去，一个字也没写过。

过去，我也不怕热。今年后背总是流汗不止，也可能是动过手术的关系。好在目前还没有闹什么病，每天也是提心吊胆，怕出意外，处处小心。

过去，鲁迅说过：小说一经别人改编，便成了别人的东西，与自己无关。现在更应该这样看了。

再有，您退下来以后，就不会再有人"拘"您去干那些得罪人的事了。但看来，今年，会不一定开得成。

即祝

暑安！

孙犁

（一九九四年）八月三日

光耀同志：

不知身体好些没有，甚为系念。如非器质毛病，则仍以休息为主，辅以药物。少写字，少看书。

我一切如常，十、十一、十二，三个月，没写文章，我有很多旧书，过去都包了书皮。现在无事干，又给它们做一个简易的书套。旧书本来都有布套或夹板，卖书的人，留下布套和夹板（废物利用），把书卖掉，这叫留椟卖珠。我用牛皮纸（废封套）做书套，然后又在上面大写特写，将来买书的人，一定大吃一惊，以为还有如此寒碜的"藏书家"。如果我还有余力，也想把书套上的字，整理一下，编一束"书套文存"。

其次，就是听评书。过去我没有听过评书，从去年开始，已经听了三四部。现在每天中午听一部，晚上又听一部。我觉得听书比看书好，现在的报刊和小说，都没有看头，还不如听听评书。我也不看电视。

您近来又买了什么玩意儿？天津的旧物市场，天下有名，我没有去过。

即问

冬安！

孙犁

（一九九四年）十二月十二日

光耀同志：

二月二十七日来信敬悉，贾大山文章，昨日已读毕，我心中打个比方：目前，无论物质及文化，均受不同程度污染，如水，菜蔬，粮食，环境等，我辈已无法抵御，并无处躲避。文化当可自主，电视不愿看，关闭，收音机不愿听，不开，报刊书籍亦如此，新的不愿看，还可以看些旧书等等。

再比如棒子面，这本是我爱吃的东西，但目前市场所售，据说已提取味精及维生素，所剩渣滓，小贩涂以黄色，售之用户。

但偶尔也有朋友从农村带来一些，农民自吃自用的棒子面，据说是用人畜粪培植，用石磨碾成者，其味甚佳。

读贾大山小说，就像吃这种棒子面一样，是难得的机会了。他的作品是一方净土，未受污染的生活反映，也是作家一片慈悲之心向他的善男信女施洒甘霖。

当然，他还可以写出像他在作品中描述的过去正定府城里的饼子铺，所用的棒子面那样更精醇的小说，普度众生。我们可以稍候，即能读到。

我一切如常，近来忙着写一点材料，但不一定能卒业。

希望您多运动,不要单靠药物。

即祝

近安!

孙犁

(一九九五年)二月二十五日

光耀同志:

三月三十日来信敬悉。您提的几点意见,我都同意。

入春以来,我睡眠一直不好,牙齿也出毛病,事虽不大,但颇影响精神和体力,所以也没有干什么。倒是极力想办法,调整一下神经,多找一些体力活动。而今年又特别春寒,人们都喊冷,到室外活动,风又很大,所以只好等暖一些,到阳台上弄弄花草,晒晒太阳,睡眠可能就好些了。

有时也看一些碑帖和有关金石的书,对此,我都是外行,但看这种书,不费脑力,也远离现实,是可以得到休息的。现在正看《西岳华山庙碑》,此碑共有三种本子，我都有，每本后面，都有名人题跋多种，看起来是很有兴味的。

希望您注意休息。即祝

春安！

孙犁

（一九九五年）四月二日上午

致陈乔（三封）

陈乔同志：

好多年没见面，也没通信，时常想念。听大刘说你已从干校回来。望告知近况。

我仍在《天津日报》工作，春节前患脑血管硬化，现仍休息，但要帮助市里弄一个京剧剧本。

我生活方面变动较大，原老伴于七〇年四月间逝世。她长期患糖尿病，最后发展为尿毒症。七一年十月间与×××同志结婚，是魏巍同志介绍的。

孩子们都已工作，男孩结婚后生了一个小女孩，最小的女孩也快结婚了。

望有时间写一信来。

祝

全家安好！

孙犁

（一九七二年）三月二十日

陈乔同志：

收到来信，你有机会各处跑跑，特别是有关文物、考古，我是很为钦慕的，见闻一定很多，收获一定很大吧！

我仍在家中休息，不久前不慎伤手较重，现尚未平复。平复后，想出去走走，大概是到蓟县。

新近有一个同口的学生来我这里，叫陈季衡，他今年四十八岁，上学时十岁，你大概不熟悉。一见面，很觉难得，他四六年参军，现在天津"支左"。

图章方便时再捎，这不是急于要用的东西。

天津今年雨特大，今天中午大雨瓢倾，我院里，成为泽国，家家屋漏，我屋有一处雨漏如注，亦壮观也。

什么时候晋京,一定去看望你们。
祝

好

> 孙犁
> (一九七五年)八月八日晚

陈乔同志:

三月十三日惠函敬悉。关于剧本,实在一点印象也没有,见到剧本名字,我不禁哑然失笑。子舫能背出院歌,她的记忆力,实在令人佩服。我也不能校正什么了。

关于文艺理论,我倒不断写些杂文,散见于各地刊物,近已整理交出版社,俟印出后,定当寄呈,书名《秀露集》。

你的文章写好,可将副本寄我一阅,或能参加一些意见的。

专此,祝

全家安好

> 孙犁
> (一九八〇年)三月十六日

致吕剑(三封)

吕剑同志:

六月十一日惠函敬悉。诗作当即拜读,我以为是写得很好的。前此,亦曾于刊物上读到兄之诗作,以为修养甚深,开一种清新之风。

曾屡次想写信给你,以不知确实通讯处而止。

兄之"访问记",因存于别人处,故未遭劫。去年辽宁师院曾打印五十份,分赠各文科院校。我把它编入《村歌》,作为附录。《村歌》尚未印出。《白洋淀纪事》已再版,手下已无书,俟得到后,如兄处无此书,定当奉寄。

这二年，各地来访，谈到我的创作风格等问题，我均向他们推荐兄之文章，以为最准确，最全面。

我一切如常，希释念。近编一散文集，不久可印出，当寄上请教。

祝

全家安好

孙犁

（一九七九年）六月十四日

诗稿附回，以便保存。

吕剑同志：

惠寄诗作字幅收到，以为甚佳，适有一相当镜框，当即装入，悬之座右，以便随时吟赏。

我不会作旧体诗，前偶有所为，运动中全部散失。现存无题二首，寄呈，以为答谢。字非弟所书也。

最近外文出版社要译我三个短篇（《女人们》、《光荣》、《正月》），并要人写一"访问记"，作协分会已请此间马献廷同志写了一篇，最近即可寄出。他写此类文章，很好。我并将兄之前作送他一份参看。

近日天热，匆匆

敬礼

孙犁

（一九七九年）七月十五日

吕剑同志：

接读六月二十四日赐函，我对你关于诗的见解，十分赞同。我不会写诗，但有时总有些"诗意"，认为必须以诗的形式出之才好。这样就写了一些近于散文的诗。这一本诗集是别人经手，所以后来写的几首，没有编进去。包括《诗刊》上发表的《窗口》（就是你说的那首）、《希望》。还有发表在《羊城晚报》上的《印象》、《灵魂的拯救》。我出一本诗集，也不容易，如果出版社和我取得联系，我就请他们把以上几首编进去了。很是遗憾。

七月份《诗刊》上可能发一首《眼睛》，请你届时看看赐教。我今年写作也少，总是一些老古董，投稿也很勉强，因此自己兴趣也就低落了。老年人，又没有别的爱好,如果歇业不写,也很别扭,这真是一个矛盾。希望你注意身体。

祝

好

犁

(一九九一年)六月二十七日晚

致李克明(两封)

克明同志:

五月二十二日函奉悉。

关于我,近来已经有几处地方在写,老实说,我是很惭愧的,自己实在不堪一写。

关于我的生活、写作,近来我写的文章中,已谈了很多。你们如果写,参考那些文章,就可以了。谈也谈不出什么新鲜东西来了。

我近来比较忙,身体也不很好。你们来,我是很欢迎的,恐怕谈不出什么。至于录音机之类,更希不用携带,因为我一见那个,就更谈不自然了。

我们是老朋友,你可理解我的心情,我不愿参与这些活动,并请向盛英同志解释,请她鉴谅。

附回盛英同志的信件。

祝

好

犁

(一九七九年)五月二十三日

克明同志:

稿子草草看过,意见如下:

一、最好不要用"报告文学"的写法。

二、想当然的地方太多,描写多不确切。

三、所记时间、地点,直至引文,多有错误。

四、整个文章和题目不相符。

五、我想,要改一个路子,力求有根据,确切第一,方于读者有益。

近来我很忙,身体也不好,率直提出以上各点,供你参考。稿子要大加修改,再交刊物看。

  祝

好

孙犁

(一九八〇年)十二月二十四日

致丁玲(一封)

丁玲同志:

刚刚邹明同志带来了您的信,我读了以后,热泪盈眶。这些日子,我和我的同事们,焦急地等待您的信,邹明同志几乎每天到我这里问:

"你看丁玲同志的信,不会出问题吧?"

我总是满有信心地安慰他:

"不会的。丁玲同志既然答应了我们,一定会给我们寄来的。不过她已经那么大年纪,约稿的又那么多,过两天一定会给我们寄来的。丁玲同志是重感情的,绝不会使我们失望的。"

信,今天果然收到了。我们小小的编辑部,可以说是举国若狂,奔走相告。您的信又写得这样富有感情,有很好的见解。您的想法,我是完全赞同的,我们这些年龄相仿的人,都会响应您的号召的。

我自信,您是很关心我们这一代作家的,也很了解我们的。不只了解我们的一些优长之处,主要是了解我们的缺短之处。我们这一代人,现在虽然也渐渐老了,但在三十年代,我们还是年轻人的时候,都受过您在文学方面的强烈的影响。我那时崇拜您到了狂热的程度,我曾通过报刊杂志,注视你的生活和遭遇,作品的出版,还保存了杂志上登载的您的照片、手迹。在照片中,印象最深的,是登在《现代》上的,您去纱厂工作前,对镜梳妆,打扮成一个青年女工模样的那一张,明眸皓腕,庄严肃穆,至今清晰如在目前。这些材料,可惜都在抗日战争和土地改革时期丢失了。

我有很多缺点,不够勤奋,在文学事业上成就很小。又因为多年患病,使我在写作大部书的方面,遇到不少的困难。我还有容易消沉的毛病,这也是您很了解的,并时常规诫我。但是,这些年来,我的遭际虽然也够得上是残酷的了,可我并没有完全灰心丧志。

文学事业不断鼓励我,使我做了力所能及的工作。最近两年,我每年可以写一本散文集,今年将要出版的,名叫《秀露集》,出版后一定寄呈,请您指教。

成绩虽然小,但在说实话、做实事方面,我觉得是可以问心无愧,也不辜负您对我们的教导的。对于创作,我是坚信生活是主宰,作家的品质决定作品的风格的。在我写的一些短小评论中,都贯彻着我这些信念。

丁玲同志,我近来很忙,又时常晕眩,今天收到您的信又非常激动,请容许我先写这么一封信,以后再详细谈吧!

祝您
健康长寿!
　　祝
陈明同志身体健康!

孙犁

(一九八〇年)十一月二日

上午十二时天津

致张根生(一封)

根生同志:

多年不见,时常念及。杨国源同志带来大函,敬悉一切。

我自入城以来,时常患病,近来因脑血管疾病,已很少出门。

抗日战争材料,亟应抓紧整理。我的看法是当前应采取"各自为战"的办法,由老同志回忆,找手下的人记录。有了材料,再征求别人意见,充实修正。不要搞大摊子,也不要总是开会,那样旷日持久,搞不出具体东西。有了完整些的材料,再在这个基础上写电影脚本。这个看法，不知合适否？请你考虑。

因为身体关系，安平之行恐怕不能去了，实在遗憾。

这些年，虽未见面，但时常听到你的消息，知一切顺利，非常高兴。

祝

全家安好

孙犁

(一九八二年)二月十日

致周骥良(一封)

骥良同志:

　　丁玲同志要来天津,我们极表欢迎。可叫家斌去一趟北京,表示欢迎之意。她的"要求",我们当然可以照办。但恐怕人们听见了,讲讲也是免不了的。家斌到京,也可这样说。

　　来后,按照招待规格,妥善照顾。

　　王愿坚同志,另作邀请,不要搅在一起。愿坚同志来,是我们请人家来讲一讲的。招待也要好。

祝

好

　　　　　　　　　　　　　　　　孙犁

　　　　　　　　　　　　（一九八二年）七月五日

致李凖（一封）

李凖同志：

今天上午石坚同志送来大作上下集。下午收到惠函，多年不见，得聆雅教，非常高兴，非常感激。

所谈皆系闻道之言，受益甚多。弟自五十年代中期罹疾以来，写作很少。"文革"以后，劫后余生，有所抒发，实已无当年意气。至于名利是非，弟青年时代或有此念，今行将就木，已完全淡然。近年来，中国庄老哲学，亦有所悟，然道理融会于心，遇有事情袭来，则又易于激动，心浮气躁，徒增衍尤，故知闻道一途，亦知之易，而行之难也。今足不出门庭，不欲见客之名已远播,其效果犹如此,深以钝根天生为苦耳。

兄"敲钟"之说,甚好,正对我的毛病,当谨记之。

大作当从容阅读。我也是很久不看长篇小说了。短篇偶尔看一些,近年兴趣亦大减。然兄之作品,弟素日甚感兴味,此长篇的一些断片,似曾读过,印象甚佳。俟读完后,当写些意见,或文章,或信件,到时再定。

望多联系,时赐教言!

专此,祝

全家安好

孙犁

(一九八四年)十月十日

致潘之汀(两封)

之汀同志：

前后来信及稿件，均收到。

我看过四篇原稿后，即介绍给《天津日报》的文艺双月刊，他们决定后，即会通知你的，望勿念。

你的散文，写得真实朴素，语言也流利生动，且时有余韵，我很喜欢。望多写一些吧。其余稿件，俟我从容阅读后，再告。

匆祝

全家安好

孙犁

（一九八四年）一月十二日

之汀同志：

大函及剪报，均收见，当即看了几篇，写得很好。今后可多写一些反映当前生活（个人的或别人的）的散文。你的文笔很流畅朴实。

春天给你孙女寄去一幅字，不知收到没有。字写得不好，她可能不喜欢，但当前，我连那样的字，也写不来了。

见到葛文同志，望代我问候。我自三月份晕了一次，就很少给朋友们写信了。文章也不写了。

邹明病得很重，刊物也要停了。

剪报过些日子，托报社寄回。

祝

近安！

孙犁

（一九八九年）十一月二十七日

致康迈千（一封）

迈千同志：

两信均收到。故人情怀，十分感谢。所提意见，颇受教益。

我今年从夏天起，身体情况不佳，写文章也少了。有时想写点，也觉得无话可说了。所以发表出去的，常常是近于无聊之作，事后又颇悔之。文字生涯至此，恐将结束。读书兴趣亦大减，每日困居室内，足不出庭院。有时也想出去走走，又以生活习惯多毛病，怕给别人增加麻烦，嚷一阵就又过去了。明年春天看吧。

希望你注意身体。

犁
（一九八五年）十一月十五日

致张志民（两封）

志民同志：

七月二十九日信收到，非常感谢。

我每年写一两首诗，其实也只是分行的散文或杂文。七月份忽然诗兴大发，一连写了两首，也算是一种抒怀，就想寄给你看看，知我心情。

我一切如常，写作较前几年少多了，也不想再写什么，好像已经写完了。

希望你注意身体，工作事以超然物外为佳法。

祝

全家安好

犁

（一九八六年）八月三日

志民同志：

二月二十五日来函，今日收到，甚为感谢！

知你身体不好，很是惦念。有些病，最好平日注意，不使其再犯。

你给出版社写的诗，雪杉给我看过。我认为那是你对我的鼓舞。至于这封信上说的，作为诗句可以如此写，不足为他人道也。

我正在准备搬家，我的院子已改为报社的发行处。每天整理一些书籍杂物，写不成文章了。

问

雅文同志大安

犁

（一九八八年）二月二十八日

致钱丹辉(一封)

丹辉同志:

来信及惠寄刊物,均已收见,甚为感谢!

大作已拜读,我以为写得很好,希望多写一些此类文字,藉存史实。

我近一年,身体一直不佳,生活亦杂乱无章,所以写东西很少。有适合的稿子,一定给你寄去。

问戈焰同志好!

孙犁

(一九八八年)一月六日

致戈焰(一封)

戈焰同志：

来信及寄来大作五篇，均收到。大作当即拜读，我以为写得都很好。希望你多写些这样的文章，对于今人和后人，都会有很大好处。

我一切如常，希勿念。近日因大院改为发行处，正准备搬家，很忙乱，简复希谅。大作托报社挂号寄还。

并问
丹辉同志大安！

孙犁
（一九八八年）六月二十日

致李之琏(一封)

之琏:

刚才收到七月二十八日来信。知道你又写了东西,还写了那么多,很是高兴。

我身体还好,只是正在搬家,很乱,心静不下来。我想等我搬过去,安定下来以后,再看你写的文章。我还想:先找找发表的地方。自己多改两遍,也不一定找很多人提意见。那样旷日持久,收获常常不多。如果能很快找到发表的地方,则发表以后我再读,也是可以的。

天气很热,希望注意休息。问处舒同志好!

犁

(一九八八年)七月三十日晚

致魏巍（一封）

魏巍同志：

今天收到惠寄大著，甚为感谢！这样厚的一部书，足见兄近年的努力。

弟一切如常，有时写一些短文章，都发在报纸上，想已见到。

这几日正在搬家，先写这几句。

祝夏安，并问

秋华同志大安！

孙犁

（一九八八年）八月四日

致邢海潮(十二封)

海潮学兄：

自北平一别，即未再见，今得手示，欣慰莫名。因弟不在协会工作，今日下午，才见信件。

一别数十年，所历实非一纸能尽。而近日弟又犯眩晕旧疾，故先致一片，以免悬念，稍俟痊可，再为详谈。

弟进城后，一直在天津日报社工作，兄日后赐信，可寄该处。

匆此，祝

大安!

　　　　　　　　　　　弟　孙犁

（一九八九年）三月二十五日

海潮学兄：

　　四月八日信，昨日转到。见到照片，审视久之，于眉宇间，尚有迹可寻耳，不胜今昔之感。今亦呈上近照一幅，兄看后，定有面目皆非之慨叹！

　　弟于去年八月份，迁入新居，然邮路不畅，赐信，近期仍寄报社较妥。

　　弟有一男三女，均已独立生活。老伴于一九七〇年病逝。后再娶，又离异。今仍一人生活，琐碎尚可自理。惟自一九五六年患神经衰弱以来，身体一直虚弱。雇一人，为我做饭。也是度日而已，乏善可述也。

　　看照片，兄身体较我为佳，字迹亦清楚，长寿之征，望诸多保重！

　　诗词学会，弟无联系，因弟不会作旧体诗词。

　　望常赐信！

祝

春安！

弟 孙犁
（一九八九年）四月十七日

海潮学兄：

前奉大札，敬悉。稿件两篇，已转本地报纸，他们将与您联系。我看，您还可以写些文学和历史方面的文章，知识性的或趣味性的。可否写一篇回忆钱穆的短文？此人已逝世。

弟已再次写信给郑君，请他寄一本评传给兄。

弟近抒发胸怀，胡诌旧诗一首，兹抄奉，望兄代我修改修改。

一生多颠沛，忧患无已时。沉迷雕虫技，至老意迟迟。实是无能为，藉此谋衣食。大难竟不死，上天赐耄耋。

祝

节日快乐！

弟 犁
（一九九〇年）九月三十日

海潮学兄：

前后来示均奉悉。大稿二件，交此间《今晚报》，已登出一篇，第一篇亦将刊出。日前见到该报副刊编辑，对兄稿之干净无滞，甚为推誉。今后有稿可直接寄给他们，一来可以消遣，二来于读者有益。

拙荆忌日经查对，应为一九七〇年四月十五日。她长我四岁，属鸡，然生辰月日，则不复记忆。弟自进入中年，颠沛流离，患难相仍，后又患病，对亲人生忌之日，多不记忆，思之，甚为愧痛。

随信再寄上近来所作短文一篇，为老兄闲时解闷之用。至于评传，以弟观之，多赞誉之意。作者的热诚，可感念，然并非实录，不可全信也。

弟近况如前，精神时好时坏，近亦无新作。前些日子，又写了一阵字，对于此道，亦因幼年缺乏基本功，很难于老年得到进步矣。

祝

近安！

弟 犁

（一九九〇年）十月七日

海潮学兄：

前去一信，想已收见。

十五日信奉悉。《老同学》一文，写作前并未告兄。弟作文，好胡扯，如有不妥之处，想兄一定能谅解也。

今冬，弟身体情况颇不佳，近一月之间，连患腹泻三次，身体大弱。虽多方留意，还是不大好，此真所谓老之将至矣。

我记得兄之毛笔字很好，有何经验？初临何帖？望有兴致时见告。寄上纸一幅，如笔墨方便，望兄书自作诗词一首见赠。如不方便，则待以后。天寒，望珍摄。

祝

大安！

弟 犁

（一九九〇年）十二月十九日

海潮学兄：

一月二十三日手书奉悉。知兄伤情好转，甚慰。今后，千万小心。弟之文集，乃系限定版，只印二千部，与出版社约定：全部编号预约出售，概不赠送。弟仅得五部，送朋友两部，兄为其一。兄于翻阅之时，遇有明显错字，望记下篇名页码，备今后校正。这种版本，不会再出。然续仍可望印一些普及本。

弟入冬以来，心脏病又犯，诸事俱废，已决定不再写作，天津两家报纸，不再投稿。兄今后如有写作，请告知弟，看看上海报刊有无发表之地。……

有朋友来信称，兄在《长城》所作短文，为"简练、干净、真是好文字"。可见，还是有人识货的。

祝

春安！

孙犁

（一九九三年）二月五日

海潮学兄：

弟大病数月，幸得生存。兄前后来信，均得拜读，系念之情，深为感激。

弟自春节以后，病情急转直下，五月二十四日晚，竟致休克。当时弟一人在屋，非常危险，次日乃被迫住院。

弟近年不进医院，从不检查身体，有病就在家挺着，思想顽固，不明医理，以致有此后果。数月来所历痛苦，实难尽述，亦人生之一经验也。

病为"幽门梗阻"，切除半胃，与十二指肠吻合。手术为权威所做，效果颇佳。然究系年老之人，大伤元气，一时恐难以恢复。现在家静养，诸希勿念。

即颂

近安！

兄在《河北日报》发表文章，已拜读。

弟　犁
（一九九三年）九月十三日

海潮学兄：

九月十八日来信，早已收到。因养病生活平淡，无事可谈，故迟复，希谅。

弟手术后，元气大伤，恢复极慢，出院已近两月，身体仍很瘦弱，今日借一磅秤，只得一百零六斤（出院时九十六斤）。病的时期很长，消耗殆尽，补充甚难矣！

据兄描述，兄近生活环境，较为理想。弟向以为在中、小城市生活，较大城市为佳。平日清静，遇集日可逛逛市场，买些吃食、用品，也有趣味。在大城市，像我们这样年岁，只好闭门枯坐了。但今后必须注意身体，使之健康，能自理自动，不然，环境虽佳，也不能享受了。

所谈纪念文集，我估计一时出不来。大家为的是开会，热闹几天，也就完事大吉，至于文字，却在其次。我对这些事，一向没有多大兴趣。当然大家的热情，是可感的。

即祝

近安！

弟 犁

（一九九三年）十月二日下午

我在北平时，颇喜王金璐的戏。《翠屏山》一场"六合刀"（？），至今印象犹深。毛世来的《辛安驿》，印象亦甚佳，此人年岁一大，身段不苗条了，进城后看了他和贯盛习演《乌龙院》，从此未再看他的戏——无聊之谈。

海潮学兄：

前来信，早收到，关于食物，弟多年不进饭馆，但以买来食品看，质量均大不如从前，味道大差。此原因甚多，水、粮食、蔬菜均因化肥等污染，味道变坏。再加从业者经营素质差、手艺差，想吃到三十年代的饭食，已经很难。狗不理名声虽大，吃起来，味道已不如从前。保定的白云章，恐怕早已不存在了。至于育德中学的包子，弟则印象亦不佳，总是南瓜馅，一进食堂，就闻到那种气味，至今想起，仍不想吃。（你吃了二年，我吃了六年。）

郑法清已升任市出版局副局长，不久即离开"百花"。目前文章不好写，能给出版社校正一些旧书，也是一种消遣，对于生活，也小有补助，但不知他们给的报酬如何耳。

弟身体略有好转，然年纪大了，前景很难说，只能随时注意而已。也很少看书报,只看《参考消息》报。近研究鲁迅晚年的书信,想写点东西放着。

冬季又至,不知兄之取暖用具已准备齐全否? 务希注意!

即祝

近安!

孙犁

(一九九三年)十月二十二日

海潮学兄:

十一月二十三日付邮信,前几天收到。为百花审阅古书事,我想可以继续。他们不断出一些古典文学书籍,而真正能校读这些书籍的人,据我所知,该社还没有。而且张爱乡是该社总编办公室主任,这些事,她可以做主。另外,我见到她时,也可以再和她谈谈。但看来报酬很低,我们只是找些事来解除寂寞而已。

关于文学作品的辞典,近年出版很多,但真正有价值者少。大都是临时找些人，凑些词条，仓促成书，错误甚多，贻害读者。兄能一人独创，我想一定是精审的。但《镜花缘》究竟非"红楼"、"金瓶"可比，读者较少，辞书出后，销路是否能好，也要考虑一下，当然这不是主要的，主要在书的质量。

弟生活基本已恢复病前状态，除做饭外，一切自理。人都愿多活几年，实际上，年纪太大，处处用人，也没有什么意思。不再愿写文章，读书也很少，近读《民国通俗演义》，这种书，在年轻时是不屑一顾的，现在是只求解闷。

即祝

冬安！

孙犁

（一九九三年）十二月四日

海潮学兄：

十二月十一日来信敬悉。达生、金池皆在原处工作。达生虽退休，但已"返聘"。兄如有稿件，可仍与他们联系。

像蔡东藩这些文人,也着实令人佩服。一生能写这么多书,据弟所知,解放后,历代通俗演义印数很大,发给军队老干部,当历史读物。即以弟近所读《民国》一书而言,保存了很多史料文件,今日已甚难见到者。只此一点,已难能可贵。

《废都》一书,只听别人谈论,弟未读过,因多年已不看当代小说,特别是长篇,没有那么多精力去读。兹寄上剪报一纸,诗系一外文专家所写,是位老先生,意见是可信的。

我们在高中时,有一位英文教师,姓杨,名字似与此公相仿,弟曾向人打听,据杨先生称,并未曾在育德执教。杨先生英文、中文,均修养甚深,已翻译多种中国古典及现代文学作品为英文,弟之《风云初记》即为其夫人所译。

刘绍棠同志如去赵县,望代我问候他。

贾平凹君与弟,亦有文字之交。此君在文坛,异军突起,名声噪甚,弟早年曾为文介绍其所作散文,他后来的得美国某石油公司大奖的小说,则未读过。不知何以又写了《废都》。

读来信,知兄生活顺适,甚慰。

即祝

冬安

弟 犁

（一九九三年）十二月十五日

海潮学兄：

前来信敬悉。达生仍在晚报，只看大样，弟因很少写稿，已很久未见到他了。

今年春寒，且多风，弟每日清晨仍坚持到楼下散步半小时，但腿力似不如以前了。每天也无所事事，还是弄弄旧书，写点笔记，前些日子读《参考消息》张学良幽禁岁月一文，中引"曾是寂寥金烬暗，断无消息石榴红"一联诗，未注出处。弟读诗甚少，未知兄知此两句诗的出处否？希注意身体。

即祝

春安

弟 犁

（一九九五年）四月二十二日

致鲁承宗（六封）

承宗老弟：

出版社昨天傍晚送来你的信，这真像天外飞来的好消息。几十年来我一直怀念你，就是得不到你的音讯。现在看来，这和我不出门，见闻不广，交游不多有关。

一言难尽。兹先寄上字幅一、近照一、小传一，藉知大概，余后陆续通讯再谈。我在天津日报社工作。家庭住址为：天津市鞍山西道学湖里十六号楼二门三〇一，邮码300192。我多年不出门，你有机会来天津吗？我想总会见面的。

　　祝

全家安好！

孙犁

（一九九〇年）九月十五日

承宗弟：

　　八月六日信，昨日收见。这本小说读过后，我写的所谓小说，你就都看过了。此间正准备再版我的文集及补编其续集，不知何年何月才能印出，届时定当寄你一部作为纪念。

　　我们年轻时的照片，都已荡然，不知你有无线索，能找到？恐怕也不可能了。

　　我的病已稳定，但已大不如从前。你的经验，对我很有用，比如黄连素易引起间歇，安定片可稳定心慌，我都照办。

　　寄来字帖，收到了。你的研究很细心，我没有耐心，什么帖临几回就烦了，字一直写不好。字帖，原石都已毁坏，只能靠珂罗版了。近阅报，我们那里的衡水县近来发见大量字帖木版，可见很早，就有人翻刻了。

祝

夏安

孙犁

（一九九一年）八月十五日

承宗贤弟：

五月十七日来信及照片，均收到。照片照得很好。兄近年所谓养花养鸟养鱼，也多是凑合，抱残守缺，又不吸取别人经验，也不讲求实效，所以什么也谈不上。即以养花而论，很少上肥，即咱老家所谓"种地不上粪，瞎胡混"而已。也都是一些草花老树。鱼也不喂活食，只喂小米，所以养了多年的，也不长个儿。

贤弟介绍养病经验，多实际之谈，尤以"不关心"三字为名言。许多病症一关心就会坏事。当然也要留意，我现在就集中精力，在不要摔跤这一问题上。这也是贤弟来信告诫后，我才注意的。现在下楼，不管有力无力，都扶着楼梯下，以防万一。

心脏最近很平稳，就是精神差一些。文章写得也很少了。我正在托人找一本《孙犁小说选》（原四川文艺出版社出版，我手下已无有），如能找到即寄去。这样我写的有关家乡的书，你就可以看全了。

即祝

全家安好！

愚兄 孙犁

（一九九二年）六月一日

承宗贤弟：

来信敬悉，知一切安善，甚慰。

今年是我的大灾之年。五月下旬，因病情危急，住进医院，六月下旬，做了胃切除手术，死里逃生。幸组织关怀，孩子们尽心，又遇良医，手术成功，得转危为安。八月上旬出院，至今仍在调养，因年纪太大，手术大伤元气，恢复很慢。目前基本已趋正常，明年春暖，可望平复。希勿念。

您年岁也是高龄了,一切事情,可量力而为,不可过猛过急,以颐养天年为主。

即祝

新年全家快乐!

孙犁

(一九九三年)十二月二十二日

承宗贤弟:

今天收见来信及贺卡,甚为感谢!

回想去年此时,病情正在严重,生日前一日,即被迫住进医院。现将近一周年,身体总算恢复得不错。目前也能下楼活动活动,前些日子还写了一篇八千字的文章在报上发表,朋友们无不高兴!

目前教育不好办,您当量力而行,不可冒进。年纪大了,应以颐养为主,可写些回忆录之类的文章。

您记得育德中学有个谢采江先生,还有一个王斐然先生(图书馆管理员),当时看来都很弱,最近我得到消息,谢先生活了九十多岁,王先生仍健在。出乎我意料之外,可见人的寿命是很乐观的。

即祝

全家安好!

孙犁

(一九九四年)五月十一日

承宗贤弟:

贺电收到,甚为感谢!

愚兄今年身体情况,大体还好,但较之去年,则有些不如之处。主要是因为睡眠长期不佳,近来必须服药;二是牙齿咀嚼能力差,很多食物不能吃,这样就影响体力及精神。但失眠是老病,牙齿是生理现象,均不关大局,望勿念。

您近来身体、工作如何? 刘宗武有时转告一些消息,知一切安善,甚慰。

即祝

全家安好!

孙犁

(一九九五年)五月三日

致梁斌(一封)

梁斌同志：

值您八十华诞之大喜大庆的日子，谨向您致以热烈的祝贺！祝您健康长寿，越活越年轻！

并在梁斌文学研究会成立之期，谨向大会表示祝贺！对您半个世纪以来，在文学事业上的努力，及其辉煌成就，表示衷心的钦佩和景仰！亲爱的老战友，请接受我对您的祝贺吧！

孙犁

(一九九四年)四月十八日

致柳溪(一封)

柳溪同志：

收到来信，很为您的多灾多难难过。吴云教授屡次向我称赞您的文章，说是可以传世，为当代诸多名家所不及，其理由是：一、您的经历；二、您的文字功底。我也同意他的见解，劝他写一篇文章。

我写那种文章，原是为了解闷，除已发表的，手下还有写好的三记及四记，字数都是六千字上下。但近来我身体不好，已有十几天不舒服，没法再写了。病与写文章无关，一为小便不畅，二为胃气不舒，正在服药。

近日翻旧书,才知贵老师谢兴尧是邓之诚的得意弟子,我一向是孤陋寡闻的。(先不要来看我,我在休息。)

即祝

痊安

孙犁

(一九九五年)六月一日下午

第二辑

致冉淮舟(二十四封)

淮舟同志:

我把具体意见记在下面:

一、把小引大加删削,因空泛,距离作品分析太远。

二、按年代对作品进行介绍和分析。——成为这部论文的基本间架。

三、把论风格的一节移到最后。并把其他章节中与此节重复之字句删除。

四、各节中空泛政治说明,可更简要。

五、引用我的《文学短论》或《文艺学习》之处,可酌量删除。

六、引用作品原文，或情节叙述，越少越好。

七、你对当时环境的咏叹歌颂，也可以删一些。

八、别人论文的意见可少引用，对不同意见的批判，则有助于论文的泼辣。

九、最后与其他作家相比较之处，我以为作品创造的形象，不能比较哪个高大哪个渺小，因为如都高大了，名著岂不汗牛充栋，还有何独特之处？可以不这样比，只论述我的缺点就可以了。

以上意见，为的是使论文单纯明确，使读者读起来更有实际感受。改一下，可请别的同志看看，并可放放，重新考虑搞些别的事情，如选择一些小题目做些短文章。人，不能老叫一件事情拖着。

孙犁

（一九六一年）十一月十四日上午

淮舟同志：

收到你写来的信和抄来的稿，面对着你那抄写得规规矩矩、整整齐齐的字体，我感激得无话可说。这些短稿，本来弃之无甚可惜，我竟同意累你去抄写它，只是因为一个人病了之后，常常有无能为力之感，也就顾不得你的烦劳了。

你们正在年轻有为，但常常要付出精力去做这些意义不大的工作，有时还要说是"一种学习"，这就是我在感激之余，无话可说的原因。

我说的"无能为力"，指的是：这些文章本来无足轻重，在我年轻气盛的时候，把它们抛弃不管，它们明显是我那时的小小的"雄心"的牺牲品。现在病了几年，只字未写，想起它们来了，珍惜起它们来了，很有些像一个破落户对待残留的财产，也很有些像浪荡子情场失意之后对待家里的"糟糠"的心情一般。

既然是珍惜，也就偏重看见了它们身上带着的优点。写作它们的时候，是富于激情的，对待生活里的新的、美的之点，是精心雕刻，全力歌唱的。——这些优点，是我今天想到的。在当时发表的时候，反映并不完全如此。我在农村采访的时候，有一位从事材料整理的同志，就当面指出它们的浮光掠影，批评过我的工作不深入，劝告我到北屋去开会，那时北屋里的会议是昼夜不息的。当然，我并没有完全执行他的建议，没有整天去做会议记录，因为我知道如果要求一个作者整天在会议上，他是连光影也收获不到的。

《津沽路上有感》一篇，尤其如此，发表以后，有一位青年有为的领导文艺工作的同志，对我说，很使他失望。当时我在惭愧万分之余，只好热诚地希望他的已经宣称要动手的踏踏实实的作品问世，但是这几年我病了，很多伟大的作品，都没有机会拜读——例如那劝我去听开会的同志，很早就在计划着创作，不知已经完成没有？——真是没有办法的事。

以上所谈，只是想说明，即使是一纸短文，在批评指责的时候，也应该采取一个比较全面的态度，指路给人，也要事先问明他要到哪里去。

这些短文，它的写作目的只是在于：在新的生活激剧变革之时，以作者全部的热情精力，作及时的一唱！任务当然完成得有大有小，有好有坏，这是才力和识力的问题。蝴蝶和蜜蜂，同时翩舞，但蜜蜂的工作，不只表现在钻入花心，进行吸掠的短暂之时，也表现在蜂房里繁重的长期的但外人看不见的劳动之中。

事到如今，我也只能面对这些短小的简直是微不足道的文章，发些近于呻吟的感慨了，当然这是有病的呻吟。

而你竟还那样郑重，甚至一个字的改正，还要提出商榷，这完全是不必要的。在今后处理我那些稿子的时候，请即随手改正，即便改得不当，我不是还可以划回来吗。

《访苏纪要》，先不忙于整理，因为我对那里的知识很有限，写得很浅薄。《在苏联文学艺术的园林里》一篇，以后可以作为创作集的附录。你看其中有关文学的，如有比较完整，内容没有错误的，记出来，以后编入《文学短论》之中。

至于那些短论，务请你严格地选一下，空洞的、无甚新意的、好为人师的，都不要，有些好的记下来，以后编入《文学短论》。

你要的书，等我找一找，《风云初记》合订本，恐怕没有，一本也没有了。《文学短论》可能有，找出即寄上。

深深地感谢你的热情的帮助。信的前半有些像做文章，这是我想在《小集》出版时，摘录一部分，作为后记，有一举两得之意。

春节，我哪里也没去，因为谈话多，初三支持不了，睡了一下午。身体不好，所以事先我也没请你们来我这里过节。

敬礼

孙犁
（一九六二年）二月八日下午

淮舟同志：

小集，我改了一个名字为《津门小集》，但仍觉不妥。如为《天津小集》则似更俗，请你给想一想，好吗？

后记原拟写得很长，今附去所开头，即可想象其规模，然忽然觉得废话太多，非病中之急务，乃中止，并移录其中平妥部分于稿本之后，已定稿矣。望你看看。稿本，我略看一遍，昨日百花出版社来人，表示愿看一看。现在，我先送给你，请你再做些发稿前的技术工作，然后即由你交给该社编辑部，俟清样出，我再仔细看，你看好吗？

你来信附上，备你校字，后可连同后记废稿一并交还我保存。

此外，有些琐事奉劳：

一、《新港》所登"风云"断片《故乡》，不知是否你笔误，如与《离别》不是一篇，希剪存。

二、《人民文学》上登断片，请剪存。凡较长文章，你不必亲自抄，可送交你们的抄稿同志。

三、凡《天津日报》所登断片，我都有剪报。《一篇关于妇女问题的报告》，我有剪报，此文不好。

四、如出版社有意出版"小集"，你们对装潢，可先设计。

利用余纸，我再抄录我近作打油诗两首奉上。

自　嘲

一

平生事迹如荒坡，敢望崇山与长河，
虽有小虫与丛莽，漫步重游亦坎坷。

二

小技雕虫似笛鸣，惭愧大锣大鼓声，
影响沉没噪音里，滴漱人生缝罅中。

敬礼

孙犁

（一九六二年）二月九日

又奉上旧作一首：

曾在青岛困病居，黄昏晨起寂寞时，
长椅沉思对兽苑，小鹿奔跃喜多姿，
紫薇不记青春梦，素菊摧折观赏迟，
如今只留栏栅在，天南地北难相知。

　　　　录所作韵文以呈淮舟同志　孙犁

后　记

去年冬季，有几位青年同志来看我的病，谈到了写作问题，这很使我黯然。

过了一会儿，我说：

有一位演员，最近谈到，因为身体的条件，停止了舞台生活，很感痛苦，这种心情，我是能体会的。其实，不只艺术，别的职业也一样，一旦被迫停止，总是很难过的。人，总是不甘寂寞的啊！

这在科学上说，是一种惰性，也是一种习性。我初得病的时候，意识到不能写作了，非常苦恼；乃至养了一个时期的病，这种庸人自扰，才减轻了些，有时对文坛上的事颇感淡漠，就是说几乎要忘记写作这件事了。

但从疗养地一旦回到了家里，又接触上了这些东西，就死灰复燃，甚至有点跃跃欲试的心情。这很像一个有某种嗜好的人，苦忌了多年，才得断绝，一旦遇见它，又前功尽弃，再陷入红尘一样。有一个时期，在睡里梦里也常常做起文章来，虽然只是加重失眠，并没得编成《梦获集》，有什么成果；但也说明习性这个东西的难以根除了。

这样，就在风雪天不能出门游散的时候，打开了封存多年的稿件，想有所作为。但是，要想写《铁木前传》，需要重新下乡；要想整理《风云三集》需要很强的脑力，这两条路都走不通。而且，即使只是这样对着稿本呆了两天，也还加重了病症。只好喟然一声，重新把稿件束之高阁。

结论是：人不能与病争。这个结论当然是消极了一些。

事实上，我的兴致，还不是一下就散掉了的。总想打开一条路，重新走到艺术的园林里，做短时间的散步也好……

写些短文吧，于是濡墨铺纸，坐了一会儿，原来像停息了的马达一样的脑筋，好像有些开动的意思了。这次遇到的阻障，是属于客观方面的。我的左邻有四个小孩子正在地板上跑步，跑步停止是踢毽子，毽子踢完是打乒乓球……好吧，等他们的运动节目表演完毕再写吧。外面天气好，孩子们终于出去了，然而还有一位保姆留在屋里。她的特点是当主人在家的时候，她是很沉默的，而当主人睡眠的时候，她走到远离她家住室八丈远的后院，说起话来，还是轻轻的，甚至用手把嘴掩起来。可惜的是，主人是双职工，在家的时候很少，这样，即便屋里没有人，她也是大声喊叫，喊叫得四邻八舍不得安宁。她的调门特别高，秉自天赋，音量特别广大，像乐器声中之有高噪音，这原是无可非难的，问题是她竟终日滔滔，无稍停息。我不得不抱起笔砚,迁移到外间,而外间里,我的老婆正在给鸡们剁菜,我叫她停止,她说有实际需要。我很了解,在她那心目之中,我写一段乱弹琴的文章,远不及母鸡抱一大蛋之有实际功利,而对我的身体来说,一个鸡蛋也实在不能等闲视之。

于是,烦躁起来,短文也写不成了。写作这件事,竟这样困难重重,而作者的神经,竟脆弱到这种程度了吗?这叫神经健全的批评家看来,岂不又是笑谈?

我终于平静下来了,甚至感到左邻的保姆,外间的内人,她们的言动,未必不是对我有益。她们阻止我写作,使我得以休息神经,岂非好事?……

我对青年同志们谈了以上这些话,他们没有什么反应,只是勉强地助兴地笑了笑。我想这是难怪的,同病才能相怜,一个健康的人,即使是专科的大夫,也很难体会一个病人的心情。

后来不知怎么谈到了编辑这些短文的事,在《新港》编辑部工作的冉淮舟同志,竟牺牲了春节的游息，跑到天津日报社把它们一一抄录了来。

这部抄写得整整齐齐的稿子，送到了我的桌子上，附着一封长长的热情的信。信里说，他建议，要写一个后记，谈谈深入生活，积累材料的经验……

我好像听到了那天真的声音，也看见了那天真的面孔。我感激得无话可说。在这样一本单薄的集子后面，在这些短小的文章里面，还有什么"深入"和"积累"的经验可谈吗？

但我也深深体会到，他提出这个建议，完全是认真的，而且是热情地盼望着的，我就又在一个风雪天，破除一切障碍，放开收音机，用高调的河北梆子抵制着左邻右舍，甚至四面八方的嘈杂的声音，来写这篇后记了。

淮舟同志：

收到你寄来的信和件。

我查了一下，我保存的《天津日报》剪报只有这五节，即一次发表的，那《家乡的土地》一部分没有。请你查看一下，如《家乡的土地》确系第三集的断片，还请你送给抄稿同志抄一下（因为很长，你不要老是亲自去抄）。我本想叫文艺组的同志给弄一份，但求他们，又得麻烦一些人，就还是麻烦你吧。

你看我这一病，所谓这点"事业"乱到了什么程度，很多事情，我自己也弄不清了。

现在把我存的五节剪报寄给你，即请你把它们贴在你那稿本上。

我们这样往返弄弄也好，不然我还以为我有两部分的剪报哩！

有几件你问到的事，简复如下：

一、《新港》发《山路》及《河源》，我同意，技术问题你们可做主。副题为《〈风云初记〉第三集断片》。

二、小集就叫《津门小集》吧，一切事务你费心去弄吧，和出版社采取商量的态度，不必提得条件太高，也得看到目前条件困难，另外这么一本小书，也不要过于张扬。

三、小集后记，我以为不要在《新港》上登，因为没有内容。

四、寄给映山同志一本"速写"，是一个残本，此次裁出几篇补入《白洋淀纪事》,俟新本"纪事"出,当另赠一本。先看看吧。

匆匆

敬礼

孙犁

(一九六二年)二月十三日

淮舟同志:

收到来信,非常感谢。

兹将一些问题条述如下:

一、"风云"三集尾稿,我将不日带回去,再详谈。

二、"短论"三编合出,甚佳。但就其中问题看来,似非短期所能竣事,盖理论文章远不如创作之省事,势非详细斟酌不可。详情,俟我归去再研究。但你既已提出之问题,我拟在你的信稿,做一些记号备忘。你的信稿,仍希保存交我。

三、事变前我在北平,发表文章极少,并无保留价值,此事,万不可费力查考,因实在很少而且很坏也。

四、在晋察冀所写之小册子,题为《论通讯员及通讯写作诸问题》，封面虽印"集体讨论"，但实际一次也没讨论，完全是我一人的作品，系铅印小册，约四万多字，但恐已不易找寻，试试吧。

此外，我在晋察冀曾铅印一书名《鲁迅、鲁迅的故事》（并非《少年鲁迅读本》），此书我保存一本，但并无多大创作意义，日后如你好奇，我可赠你。

另外，我想找一本在冀中油印之《区村和连队文学写作课本》，因后来之《文学入门》以及《文艺学习》各版，系我删后付印，而当时不知是什么情绪竟删去三分之一，现在想来，实觉可惜。你便中可和百花商量一下，问问他们能不能从保存《冀中一日》的那位同志那里，探寻一下有没有这本书。但此亦非急务，慢慢办理即可。

在冀中我编过一本革命诗集，名《海燕之歌》铅印出版。《前线报》有一篇讲演词《战时的文学》。另油印小册《抗战与戏剧》。

安平抗日烈士碑刻有我所作古文一篇，如你有兴趣，可托人抄来。

在冀中及山地所发表之理论、杂感等文，系刊在《红星》，记得有《现实主义文学论》及另外一篇；《冀中导报》，记得有《鲁迅论》及评《王秀鸾》之文；《平原》杂志，每期有编后记及我写的鼓词、梆子戏等（以上冀中）。《晋察冀日报》副刊《鼓》，油印文艺刊物《山》，以及什么《边区文化》（？）、《晋察冀艺术》（？），但亦无重要之作，也实无从访索了。油印《语言艺术》及另一本什么——系我所写两小册子。

总之，这些事，碰上就注意一下，否则是不值得去专为它费力的。

以下复你信中之事：

一、《站在祖国的光荣岗位上》即从"短论"抽出，移植"小集"。

二、《在苏联文学艺术的园林里》可编入"短论"，其中如只论及一些作家，并无看来肉麻之辞，可不改。

三、关于目次，一律编年排列，初编无年月，可即照排于前。不必去查考。

四、以下在你信稿上注明改法……

《红楼梦》一文，加书名号，以求统一。

祝好

孙犁

（一九六二年）三月四日晚

另纸录在北京所作诗:

一九六二年二月二十八日晨承光殿看玉佛

一

眉用金描唇渥丹,面像慈悲体庄严,
右臂袒露丰无骨,匠人造意已登天。

二

玉洁冰清此第一,千年曾不染微尘,
眸凝眉低唇欲启,发愿涤净儿女心。

三

玉桥车马万丈尘,水声松涛两失闻,
团城应不似闺阁,高空明月未眠人。

淮舟同志:

来信收到,寄上校样。

百花今天来人,亦谈及改名事,我颇以为怪,只好说再想一想。你顺便告诉他们,我想过了,还是《津门小集》好。《风云初记》出版事，我已和他们谈过了——俟作家决定后再说。论文集，他们说正在看稿。今后，关于出版事，暂时不要再主动和他们去谈了。

两本关于鲁迅的小书，系送你收藏。《白洋淀记》当时系为《人民画报》所迫写，但写成人家"抽出"来了。此文无新内容，故亦无编入什么集。《培养青年作者》内好像人名太多，所以也没有编入。

此外，关于《忆沙可夫同志》一文，有几处要改，请你先在原稿上改好，以免以后我忘记或来不及改。

一、"最后得意忘形……跌了下来"要删去，不知我已删去否？

二、有一段有两处"戏剧大师"，都改为"戏剧家"。

专此

敬礼

孙犁

（一九六二年）三月二十二日

淮舟同志：

我明天到颐和园去住，住多久也很难断定，现在那里只住着徐迟及其女儿。

河北办事处所住房子很阴暗，且来往人太多，所以才作了这个决定。到那里，我想好好休息一下，把睡眠恢复到去年的程度。

想你近来很好。今天去田间家把十月《新港》翻了一下，"风云"此数节校得很好。

你有时间把《津门小集》代我签字送以下诸同志：

北京：郭小川、侯金镜、冯牧、黄秋耘、贺敬之、李季，可均由北京中国作家协会收转。此外人民文学出版社小说组谢思洁送一本。

所余书你可全部拿去由你送人。如不够用，可向书店再购买若干本，我回去付款。

如书已送到我家，你可以去拿一下，并告诉家中，我已到颐和园云松巢住，我身体很好，叫他们不要惦念。

"风云"校样收到否？ 来信时提及。

出版社言：此书要从容出版，保证质量。我同意他们的说法，看来要明年春季出书了。

匆匆

敬礼

孙犁

（一九六二年）十月二十日晚

淮舟同志：

在办事处所发信，想已收到。我二十日早上到颐和园，居于云松巢东院之邵窝殿。室内遗存清朝字画，似曾是皇帝游处，现在则粉柱剥落，蛛丝满梁，夜间鼠子鸣于墙内，奔于棚顶。我一人独居此"殿"，颇有恐怖之感，每晚严紧门户，闭关自守。但此地风光很好，坐在桌前，真称得起是窗明几净，从窗内可眺望昆明湖面，后面即为佛香阁，白天游人不断，踢踏有声，中午不能入睡。

在静的方面比办事处好多了，因为屋里光线好了，有时也想看看书，写写字。在办事处白天看书都要开灯。

前几天同侯金镜夫妇、李季同志，畅游香山，饱观红叶。李季在香山饭店请客，饱醉而归。但所谓红叶者，也只可远观。

你近来又写了什么东西？发表在哪里？

《津门小集》再补赠：

张志民 —— 北京景山西陟山门九号

王文迎 —— 北京中国作家协会组联科

我在这里看《林则徐日记》、《校注嵇康集》，两本书都很好。

来信寄——北京颐和园云松巢作协休养所我收即可。

夜晚独坐无事，就又给你写了这么一封杂乱的信。敬礼

并问候万、赵诸同志。

孙犁

（一九六二年）十月二十一日晚

淮舟同志：

康濯同志昨天亲自把稿子带来交我。昨夜当即浏览一过，今送上：

一、《区村和连队的文学写作课本》一册。

拟抄：目录、前四课、最后一课、后记、附录。

二、《语言简编》及其他一册。

拟抄：《语言简编》、《怎样体验生活》（此文请你看一下，如无大意义，可暂不抄）、《一个知识分子的自白》（署名余而立）。

请你在开会之暇找一个同志抄一下，如能找到二人各抄一本，则进行更快。嘱他们注意保存原件，不要污损遗失。要、要！

有些文章，你看看也是很有趣的，可见当时形势及文风、刊物出版风貌。

我又病了几天，现尚未完全复原。

专此

敬礼

并致候万力、赵彤同志。

孙犁

（一九六三年）五月六日

我这里还存一部分，下次送抄。

淮舟同志：

前去一信，想已收到。我来这里后，精神较好，饭量大增。李季同志回去了，这里文联运动开始。

这期《文艺报》登了那篇评《风云初记》的文章。已告知《文艺报》直接寄此。

我这几天看《给契诃夫的信》一书，这真是一本最好的作家的传记，从其中我了解契诃夫的为人，有如下几个方面：

一、他写文章，那些幽默，是用出人不意的方法写出的。在前面，他正正经经地谈着，甚至是严肃沉痛地谈着，忽然出来一句，使人不禁发笑。他的幽默不像我们那些幽默，我们的幽默是，故作声态，读者没笑，作者先笑，读者是否笑，还在未可知之数。

二、他对出版社、剧院，出版或上演他的作品，是很厚道的，不斤斤计较金钱，只要把书印好，把剧演好就好，甚至只要好，金钱上吃大亏，他也高兴。

三、书里有一张他和托尔斯泰的合影，照得真好，两个作家的性格活现纸上。

四、他身体不好，颇为达观，在写给妹妹的信中，有一段，甚像中国的《庄子》。

五、——写至此，金镜同志雨中来访，打断了。

《红楼梦》文章，《人民文学》今天电话：他们不用，已"支援"《文艺报》。我说，文章写得不好，不用就退还，不必转让。两次投稿《人民文学》都被否定，看来，我实在是写不好了。

但吃饭还是很多,今晚吃炒面,四两迅速而下。
祝

好

孙犁

(一九六三年)五月二十日晚

淮舟同志:

十九日来信,收到。昨日发致一信,想已收到。

一、"文学写作课本"第二十六—三十之被删,实为一重要发现。在我印象里,铅印本最后为《新现实》,因此看油印本三十为《现实主义》,即以为截至此处,请你再查对一下,如确系删掉如此之多,当然要全部抄补。至于删去之原因,实在想不起了,书店印书时弄错,我未发现乎?

二、任大心我还没有和他联系,你可给他写一信,把应告诉他之事写明。我来时告诉家里,倘"短论"校样寄到,可电告你取去,看一下再给我寄来。后记系我改过,与你原看过者不同。

三、昨闻新近要有几位负责同志来此住,人多了,我恐怕在此住不长，但也未一定。因此，"写作课本"稿可暂不寄来，俟下星期我再去信决定后寄来。如已寄出也无关。

四、如果我们真的能编一个诗集，使我也得有诗问世，真是不错。我们是要编一个诗集的。

五、此外，编《旧篇新缀》，《评〈王秀鸾〉》也可编进去。"自白"改题为《三十自述》也编入，《助谈录》如无毛病也编入。

六、你的校对工作，实在可从容行之，即书店要印之稿，亦可从容校对。因为即使我们忙着工作，他们也是拖拉无止境的。有些事情，不必着急。

祝

好

孙犁

（一九六三年）五月二十二日上午

淮舟同志：

二十二日信及转件收到。文稿尚未收到，估计明天可到，因印刷总要慢一些。

此处今日又降雨，天气骤凉，好在我带了厚衣。近日天气变化多，希注意身体。

今日读完《给契诃夫的信》。作家晚年，多病，因与剧院发生联系，此一时期创作多为剧作。

其与克尼碧尔突然结婚，对其身体似不为利。其结婚决定，显然是在一种兴奋状态下，故引起其家属不安。然此系表面现象，当时俄国处于革命前夜，契诃夫思想是极为复杂激动的。

此书看完，我正看王夫之《楚辞通释》。

文稿来了，就校文稿。

我身体很好，食量一直很好，就是寂寞一些，这是无关紧要的。

专此

敬礼　并致候

编辑部诸同志

孙犁
（一九六三年）五月二十三日晚

淮舟同志：

收到你从北京发的信。

冒大雨换书，我心中颇为不安，希望不要感冒才好。从此，我们也可以得一条经验，对于"物"，不要要求太高，得将就还是将就一些。

关于你下乡，但愿你多参加群众活动，多思考，多写散文纪事，内容要有人物及故事。同时注意身体，此时天气太热，以不拉痢疾为要。

今天我已将诗集编好交百花。"十二唱"及鼓词编进——又抽出来。只留七首，以后编书要"纯"，近来我有姑息旧作之表现，非古人"责己以严"之道也。

关于《文艺学习》的编审，我将尽量听取并按照出版社的意见行之。此书可慢慢出。

昨日此地亦大雨，并曾念道你在北京赶上了。今日仍甚热。

希常来信。

敬礼

并致候阖府均吉

孙犁

（一九六三年）七月二十三日晚

淮舟同志：

吕剑同志来信，他的文章已草成，约七千字。他对你对他的帮助，颇表感谢。

我买了一个电唱机，还没有唱片，你有时间能不能代我到百货公司买一些？主要是买西洋古典名家的交响乐、舞曲、小夜曲、小提琴协奏曲等轻松愉快之作，但如系名作，如贝多芬的，不轻松亦无妨。

要多买一些，成套的要尽可能买全。大约一共可买五十元左右的。

我对此外行，如你也外行，可请音协一位同志开一目录——天津可买到的。

唱机可用78、45、3313、1623等转的唱片。这不是要紧的事，请你在闲暇时去办，去买之前来我处取钱。敬礼

孙犁

（一九六三年）十二月二日

淮舟同志：

来信收到。你在那里，还是多工作，多接近群众

为最重要，可以先不考虑写作问题（家史除外），等回来静下来再写吧。

我的下乡问题，已决定去杨柳青。我已和报社负责同志谈了，他们正在办手续。他们也许叫我住疗养院，又说现在还冷，过几天再去。我近来在家也很烦闷，原想到北京去的，现在等着去杨柳青，北京也恐去不成了。

上海庄久达同志代买字帖十四种共二十册，已寄来。字帖还好。有一部分是艺苑存页，现在新装订的，但纸皮欠好。罗振玉的《六朝墓志菁英》八成新，印得好极了，李碑一种及华山碑、庙堂碑较污旧，但经我修理后尚可观。已将书款寄还他，并致谢意。他信中问到你，我已告他。

《津门小集》再版事，他们还没有告诉我。

映山前些日子来过信，近来没信，你可以去信给他。他在柳林干部疗养院110室。

你在上海出的书有消息吗？

希注意身体。

专此

敬礼

孙犁

（一九六四年）三月十八日

淮舟同志：

收到你的来信，甚慰。

我此次出门共十一天，在保定参观南大园、前辛庄两公社。去满城，过一亩泉，并游抱阳山。去安平，在老家呆一天，路过安国，本拟去长仕、淤村，以犹豫未果。在保定，该地文联同志招待，甚好。

我身体还好，此次回来也没有写东西。近读浩然长篇《艳阳天》（新出单行本），我觉得很好，有人物、有情节、有艺术、有政策。该同志在《红旗》工作，得有机会全面领会政策，并在农村工作一时期，似颇为努力。他的短篇我读得很少，得读此作，惊叹不已，也许是我自己少见而多怪吧。

回来后，尚未见到映山，听赵彤说，刊物结束后，他可能在附近工厂走走。他的身体还不很好，似应多养一个时期。

祝

好

孙犁
(一九六四年)十二月三日晚

淮舟同志：

读过了刊物上登载的小说断片，印象是很好的。行文流畅，语言精练，感情激动，人物鲜明。以上是优点所在。好像也有些缺点，提一些参考意见如下：

一、小说主要矛盾，要具有时代和生活的典型性，它所联系的生活幅度要广泛，它和主要人物的性格典型化要统一。

二、你写小说，景物描写在行文中占的比例太大。叙述多于刻画。

三、每章应该有一个中心，有一个结构，现在的松散了一些。

所谈是理论，实际上这几点是我做不到的。

我一切如常，所拟剧本提纲，已成七节，然京剧团拿去三节，迄不知下落，打电话也不送回，颇担心其弄丢了。

祝

好

孙犁

（一九七三年）六月九日

淮舟同志：

八月三十日信刚才收到。

这次《村歌》印得很不好，现在谈不上这些。那篇访问记也是因为你保存，如在我处，早已失去，所以我很珍重它，印在后面。

关于我给你的信，你可慢慢抄一份给我。今天你的信，引起我一个想法，收集一下给青年同志们写的信，把其中有关文学创作的，辑印成一本书信集，或许有些用。你的名字，当然不用隐去。我想，除了你这一大部分外，别的地方，恐怕所存不多，有多少算多少吧。

我近日身体不好，但继续抄录《书衣文录》（《天津师院学报》上的，你可以看看，署名耕堂），已辑为

"续录"及"三录"。别人或以为这很无聊,但我以为这些东西,不是虚妄的。

祝

好

孙犁

(一九七九年)八月三十一日上午

淮舟同志:

八月三日惠函敬悉。前来信也都收见,因你在旅行,恐不能及时收到,故迟迟未复,尚希见谅。

我于上月十五日突然发生严重晕眩,并跌倒。近日正按医生嘱咐,逐项检查,以明病因。但近来已不晕,心脏查过亦正常,恐无大碍,仍希勿念也。

关于"访问记",我实无新材料可谈,加以近日身体情况,请你转告刘绳同志;如果需要写我,就把你在《莲池》上那一篇编入,我看就最好,就不必再访我谈了。

《书衣文录》已发完,尚未找出版处。它的内容,并无时间关联,因此也不必再按时间整理。我已初步排好。过段时间,再说。

　　祝

安好

犁

（一九八〇年）八月五日上午

淮舟同志:

　　收到来信。以前信、件,也都妥收,勿念。

　　我的晕眩,上月又犯一次,现已愈,希勿念。但有时心情不好,又无太紧的事,有些信就拖下来未复,亦望原谅。

　　近写诗作:一、《燕雀篇》发《滹沱河畔》第一期;二、《新港》的题目是《猴戏》;三、《蝗虫篇》想寄《山东文学》。这些都是童年印象,叙事,较长。末附《跋》一段。

　　此外为曼晴同志写一序。为《秀露集》写一后记。为《解放日报》写买书记三篇。为《书讯》写买书记序一篇。

　　《秀露集》已看过小样。《开卷》已停刊,该文在《文汇》月刊二月发表，编者略有改动。

最近不打算写什么，要休息一下。但市里又要开文代会。

祝

全家安好

孙犁

（一九八一年）二月二日晚

淮舟同志：

前来信收到。

《答吴泰昌问》一文，金梅已将一件复写稿交还我。你那里的原稿，不寄也可。

《琴和箫》的后记，我已编写入《秀露集》的后记之中。下期《散文》将发表。《耕堂杂录》后记中，也写到有些文章，蒙你抄录。

文集事，春节时天津定下来，后四川也想出，我已谢绝。我初拟五卷：短篇、中篇、长篇、散文、理论。如有可能再编一本杂著（包括诗）。此事将慢慢进行，结果如何，尚不可知。你有暇，可帮我想想，提些方案。

关于传记写法，前数日写成一文，题《与友人论传记》，已为《人民日报》姜德明拿去，可能用在《大地》。另写一篇《与友人论学习古文》，已交《散文》。

我一切如常，希勿念。

祝

好

犁

（一九八一年）四月二日

淮舟同志：

五月四日信收到。

文集事，百花已组成班子：李克明负责，其他为曾秀苍、顾传菁，另有一小女孩。林呐责成他们三月编出。

克明热情有余，而记忆力差，杂学亦少；曾是知识广，但身体弱，精力亦不在此；其余二位，经验少。所以，我这些天很为此事担心，怕弄不太好。

因此，我想请你帮忙开列三个方面的篇目，即短篇小说、散文及理论，其中散文、理论较难开列，因文章处在散放状态中。

你开的这个篇目，算是代我开，他们也在进行，我准备这样一份目录，到时和他们对照。我估计他们弄不太妥帖，而且要旷日持久（三个月的主要目标）。

文集编辑原则，仍以严格为主，不贪大求多。但也要编出一些新的内容。（篇目可尽可能开列详尽。）

不知你那里材料够用不？有多少先编出多少，以后再补充也可。此事不急，也以三月为度吧。

篇目，以写作年月为序。每篇之下顺手记下写作年月，以后有用处。

你关于文集的想法，都是很好的，我可以提供他们参考。但不知为什么，我对此事并不太乐观似的。以目前办事效率之低，效果之差，关系之难测与复杂，此集繁琐费工，困难与波折一定不会少，但对我关系较重，不能不操心的。

《摘树叶》一篇是散文，我只记得原稿写在小篇白报纸上，不记得在《晋察冀日报》发表，可能在什么地方的油印刊物上，一定不好找了，算了吧。

我近写:《大星陨落》（纪念茅盾）、《读作品记（五）》（舒群在近期《人民文学》上的小说）。

《秀露集》出版即寄上。

你写的"道路"后记中，记在颐和园谈刘绍棠一段文字，出书时，可以删去。

身体如常，希释念。

祝

全家安好。

孙犁

（一九八一年）五月六日晚

淮舟同志：

信收到。序的标题：《同口旧事（代序）》。如认为不妥，你可酌定。

中青所为，令人气闷，然亦无可奈何。此盖"四人帮"初垮，余毒未消之故。我当时是用一九六二年版作底本，又校了上半部，寄给他们的。这样就白校了，也收不回来了。文集据何本，现在还是一个问题，我又不能详看。现在才知道古人那样用心于版本之学，甚为有道理也。此次是张学正查对《"藏"》的引文时发现。你查对时，也只能抽几篇对一下，不必全对。

这种事情,现在是防不胜防的。只好听之。

《幸存的信件序》及《烬余书札》,均编入《澹定集》。

雪杉需要《同口旧事》稿,收归后,改正,寄他一份。

祝

好

犁

(一九八一年)七月十日

淮舟同志:

前后寄来信、件,均收悉。

一、河南来信,已转登我一篇文字,似未有再叫写之意。以后再说吧。

二、诗集中《翻身十二唱》你看有无必要抽出来?

三、小说《蒿儿梁》此次文集中,出现一错,即有三句话被括弧括住。这三句话有错置,可能是当时记一记号,后来抹去所致。请你查看一下。

四、《平原小集》事,我还未和出版社谈,你是否先拟一编法，列一目录寄我？

五、我近来写了一些杂文。又写了一篇诗（寄羊城），如能登出，可见到。

此外，一切如常。节日吃油腻太多，腹泻，刚好，又感冒。每年入冬时，总是这样的。

祝

好

犁

（一九八二年）八月十日

致韩映山（十八封）

映山同志：

春节写来的信，收到。前一封信也收到了。因为忙乱，又觉得没有什么新鲜事可报告，就拖了下来，甚以为歉。克明等同志来舍下时，都曾向他们打听你的近况，知道很好，也就没急着去信。

我每天上午到报社，下午在家做一些家务事儿，这样还弄得没有时间看书学习。一年比一年衰老，这二年有点急转直下的感觉，你说危险不危险？

春暖时，我想到石家庄去一趟，如能在保定下车，一定去看你，张没有写小说。

祝

全家安好!

孙犁

(一九七三年)一月二十八日

映山同志:

收到你的来信,致达生信当即转交。

知你在那里安下家来,甚以为慰。保定这地方还是很好的,住在莲池,应该认为是佳遇佳境。徐光耀同志和你在一起吗? 望代我问候他。

我一切如常,每天到报社上班看稿,稿子很多,弄得很累,但好的稿件实在少有。我看河北乡下来稿,很有生气。但有的作者,发表一两篇文章后,即忙于交际,亦甚可虑,然此亦常规,过去也是这样。

应该打破一切消极障碍,勇敢地深入生活,以你的素养,我想不久就会文思泉涌。

剧本事又弄了一个提纲,但并不好,近亦无事。

明年春季,我们或可能去看你们。

祝

全家安好

　　　　　　　　　　孙犁

　　　　　　　（一九七二年）国庆节

映山同志：

在报社上班，看到你给我的信。

上月，我到蓟县去住了二十多天，其中半月时间在盘山陵园。山居野处，从容寻幽探胜，是多少年没享受过的清闲写意之趣了。

那里还有一些老游击队员，都是六十多岁的人了，身体都不很好。他们曾是一山之王，现在看到我还能爬上十几里的山，都说却不如我了，深为感叹！

那里人都很热情，也是多年没遇到的了。我也接触了一些业余作者，其中一个叫陈玉英的女同志，你看过她写的东西吗？

至于我的生活，却一如既往。前天去检查身体，好像又有了冠心病。这只好听之任之。我现在对于病都很麻痹。但时常头疼，胸部也时常不适，因此才去医院的。

祝

全家安好

孙犁
（一九七三年）十一月二十日晚

保真问你好

映山：

因受风雨侵袭，有些感冒，昨天夜里偷偷回到屋里来睡了，所以现在能坐在写字桌前，给你写信。

雨还没有停止，黎明起床，第一件事是把一切能承接漏雨的盆、桶、花盆，共十数件，摆在各屋的地方。雨水滴在里面，其声响，就像老和尚敲的磬一样，形成一种无可奈何的伴奏。

这样的地震，我想人生遇到一次已经了不起，不会再遇。然而，很长时间，传说还有"更大的"，所以从众露宿将近一个月了。

我和全家，幸皆平安，你不要惦念。二十七日下午，从老家来了两位客人，谈话很多，夜里我一直睡不好。三点钟我爬起来看表，就震起来了，上下颠。因为去年演习过，我跑到外间写字桌下面躲了一会儿，等不震了，才穿好衣服，戴上草帽出去，外面正下雨。

我的门口和台阶上堆满了掉下来的砖石。假如我不躲着，而是往外跑，一定就写不成这封信了。

我的帐篷搭在院内小山上，虽说只有一席之地，而且寄人檐下，但很严密。其形式也很像咱家乡的窝棚。睡在这里面，我不看天空的星月，也梦不见任何的情景。

你一定不信，近几个月来，我的精神和身体都很好。见过我的人，都可以给你证实。一地震，因为吃、睡不好，心情不安，瘦了好多。我想可以恢复的。

祝
全家安好！

孙犁

（一九七六年）八月二十一日

映山同志：

读过了你的发言稿，我以为是很好的。我在写给

"人文"的文章里，大概也是表达这个意思。我以为这十多年，中国是没有什么文艺产生过。帮派文艺，活像三十年代的民族主义文学，只会装腔作势，是没有艺术良心的。

我的房昨天下午，顶棚塌下一块，夜间大雨，我通宵未眠，总结这两年修房经验为：

不漏不修，不修不漏，越漏越修，越修越漏。

每日来四五人修房，招待烟茶、糖果、西瓜，上房一小时，陪坐二小时，上下午都如此，实是苦事。所以，房顶漏雨如瀑布一般，我也觉得没有什么。今天院中积水大腿深，像乡下发了大水，所有临建都泡了。匆匆

　　祝

好

孙犁

（一九七七年）八月三日

你代我问候光耀，张朴以及他的爱人，我好久没给他们写信，也因为"乏善可述"。

映山同志：

克明转来九月二十七日函，敬悉。

书面字遵嘱写了行楷二式，现寄上，请你自己选择，然后寄给出版社，如实在不满意，就不要勉强。

所谓"心情不好"，是因为文字上引起的。即如"远"一文，当初请雁军看了，她说她和孩子们都对此文不满意，希望不发表——这种态度，你想象得到吗？我当即免去远的名字，作为散文投稿，并删去一些细节，如远又曾与一女同志结婚。这回，"人文"拿去，请她看，她又添了些文字，也不告诉我，我当然要知道添了些什么，要清样。她又来信作些不必要的说明。前此，她并在北京发表对此文不满之意，希望有大人物来另写，但终于没有人写，我的就又得充数。再如散文选集，克明根据最原始的本子，其中少六七篇，并不知道，有后来的再版本，而我送给他的最新版本，他也不看看，拿来目录，经我指出，才明白。这样去选别人的作品，良可叹也。

总之，我是不愿再弄这些事，可又停不下来。近期《文艺报》、《鸭绿江》、《延河》、《少年文艺》、《宁夏文艺》，都将有作品发表。希望你注意身体。我身体还可以，就是情绪不稳定，这是老病，无须挂念也。

匆此 祝

好

孙犁

（一九七八年）九月二十八日

映山同志：

收到你三月五日的信。

我那个谈话，讲的是一般道理。你的创作，不能说是学我，是有你自己的生活、见解和文字风格的。今年，我时常对人们说：映山很努力，写了那么多东西。

理论是理论，不要对任何理论太认真，那样会限制自己，写东西，只能问耕耘得深不深，细不细，不要先考虑收获如何如何。为艺术而艺术，当然不对，但老是考虑"收获"，就造成一种苦恼，这是很不必要，也不应该的。创作是一个人生活经历、见解、文字修养的反映。只能先考虑这些问题，至于别人说什么，听听也好，不要太认真去想它。

我觉得,你的生活和气质,有些和我相似。有些是优点,有些是缺点,要克服那些不利于创作发展的个人弱点。我觉得,我被时代所迫,参加了几年战争生活,这一点,可能有些受益。

我也经常想到你的创作,我有三点建议:

一、多读点古书;

二、再多读点世界名著;

三、出去走走,旅行,到山西、山东一些近省走走。

这样可以开拓胸襟,打开创作局面,不知你以为然否?

暖和些,我想到保定、易县、定县、安国一带走走。金梅说和我一起去。

祝

好!

犁

(一九七九年)三月七日

附上我写的字一条,送给大星。

你那个在《河大学报》工作的同学的名字，我忘记了，便中告诉我，我想寄点稿子给他们看看。

映山同志：

十二月十六日来信收到。我近来所写的文章，你不知道的，计有：

《读作品记》（二）（谈刘心武作品）将在《新港》一九八一年一月号发表；

《读作品记》（三）（谈林斤澜作品）将在近期文艺周刊发表；

《燕雀篇》（诗）已寄曼晴同志，如你能见到他，问问他收到没有？我无底稿。

《耕堂杂录》后记，已寄李屏锦同志。

为《旅行家》写一短文。

你在《文艺增刊》上的、在《海河潮》上的短论文，我都看过，写得很好。

今日文坛，有些现象，甚难言矣。至如色情，又其末焉者也。理论家以此等现象为解放思想之征，于是一些青年乃引张资平为艺术大师，向之膜拜。未上推至张竞生，亦国家民族之大幸矣。其实，这些东西，古已有之，三十年代，有一粉色作家，名章衣萍，其名著为《情书一束》，有警句为：

无聊的春天啊，

连女人的屁股也不愿意摸了。

然当时均斥责之，未见封之为解放思想也。

贩卖旧货，以为新奇，实今日文坛之特点。今天一个突破，明天又一个突破，突破来，突破去，还是那些老调重弹。今天一个里程碑，明天一个划时代，后天一个文起八代之衰呀，大后天又一个英雄时代的典型呀，到头来，叫喊者自己，也忘了他究竟喊叫的是什么货色了。

又成帮结伙，自己壮胆。这是因为这些作品及其作者甚为虚弱之故。

××同志是有所感的，但她说得很委婉。这些人，是不好碰的。我写文章，也不愿正面去谈，只能顺便表表态而已。

入冬以来，我身体不太好，明年想少写一些。《散文》及《新港》的稿子，都想停止。

曾秀苍送我这种纸，今天给你写信，试用之，还是很不习惯。

祝

学安

犁

（一九八〇年）十二月十八日晚

映山同志：

先后来信均收见。甚为感谢。

我今年时常患些意外的病，前些天患痔疮，起居不安者又一旬。后又在夜间患牙痛，呻吟不已，乃至天亮，左颊肿胀如小瓢，不便饮食者又一旬。杂事又多，前数日为团市委刊物写一新年祝辞之类的文章；又为刘绍棠作一序，均千余字，然甚感吃力，身心交瘁，现在想休息一下了。

此外，为《散文》第二期，写《耕堂读书记》共五章。近期《鸭绿江》载有《关于〈铁木前传〉的通讯》，不知你能找到看看吗？

文坛事，尤令人烦恼。前不久，我曾大动肝火。细想，甚不必要。然现在竟有人大胆妄为，不只把报刊编辑视为有眼无珠，把评论家看作无知低能，且把九亿人民视若文盲，公然抄窃，得跻高位。此真是未曾有过之今古奇观，海外奇谈。如此次再有人为之打掩护，则中国文艺，实可不谈矣！

文艺一事，能力有高有低，成就有大有小，但当本分从事，自有佳果。近年不正之风，直接影响文坛，而有人反因此得意忘形，恬不知耻，故我忍不住，当场斥之。

我已提出辞去天津作协职务，决不与此辈为伍，以辱晚年。

祝

好！

孙犁

（一九八一年）十二月二十一日

映山同志：

七月二十六日信收到。你写那种文章（指印象记），最好把你见到的我性格上的缺点，也写进去，这样你的文章,就有了不同一般的性质。不要单纯歌颂,那样是站不住脚的。这是我对你最有用的建议。

入夏以来,庭院大乱,我什么也干不了。每天下午读古文一篇,以定心驱暑,效果很好。

那部印谱的作者名陈师曾。

我给你和大星的字幅,都写得不好,且有失误,是送你们玩的,裱就很不值得了。

祝

好

犁

(一九八五年)七月二十八日下午

映山同志:

来信收到。

一、西洋古典美学,即指西洋古代哲学家、艺术家,如亚里斯多德、黑格尔等人关于美学的论著。但书名我已记不准,可先买一本西洋文学史看看,找到线索。

二、中国古典美学,指如《文心雕龙》(刘勰)、《文赋》（陆机）、《诗品》（钟嵘）、《典论·论文》（曹丕）。第一种为专著，其余为文章，一些古文选本中有。

我主要是希望你在文艺理论上开拓一下，对创作是有好处的。

专此，祝

好！

犁

（一九八九年）五月二十九日

映山同志：

来函收到。你在《天津日报》发表的文章也读过了。我的那篇文章是大病以前写的，在《人民日报》放了五个月才发出，并给删去了写作月日。所以朋友们都以为是我的近作。近作有一篇，题为《忆梅读易》，发在《羊城晚报》五月十三日扩大版。如方便可找来看看，不方便就算了。

我的病，近来没有恶化，但也不见起色，每天对付着过，老年人也就是这么回子事了。

寄上《悼康濯》文一篇。我现在吸取作文教训，知道慎重了。也不求闻达，就发在《天津日报》。北京也很难见到这种报纸。

另，附上寄陈君的一封信，请你看看如有必要，可交《荷花淀》编辑部。你最好抄一份给他们，原稿存放你处。

祝

全家安好！

孙犁

（一九九一年）六月九日

映山同志：

来信及抄件均收到。

《太平广记》所收，均系宋以前古书，价值极高，可以说是中国古文化的百科全书，非只小说。鲁迅对其评价极高。扫叶山房石印本，在今日已属少见，其校对比现在铅印本为佳，且字大行稀，适于你阅读。惜其中缺失两本，以《人海记》两册充填。购时即如此。你如有兴致，可借朋友处有此书者，复制补足，即成全璧。现民初石印书，已成古籍，读书界争收藏之。

我最近,不打算写文章,却写了两首顺口溜,抄寄一笑。

一、写给玉珍女儿小珍的字幅:

保定风光好,抱阳一亩泉。
莲池多古迹,少年曾流连。
至今不能忘,秀水白衣庵。
往事已成梦,故人散如烟。

二、读《长城》某期小说:

小说爱看贾大山,平淡之中有奇观。
可惜作品发表少,一年只见五六篇。

三、写给娄凝先女儿的字幅:

八年征战成陈迹,故人音容已渺茫。
只有白发存记忆,太行山顶衰草霜。

即祝

春安！

          孙犁

       （一九九三年）二月十八日

映山同志：

  收到来信。我过去写文章，也有很多不注意的地方，特别是《风云初记》中，用了一些当地的真名真姓，而事迹又系创作，与真人无关。后来颇为后悔，然已不及改。好在是乡亲，也没人追究这些，不然就会造成麻烦。所以现在写文章，顾虑重重，也就没有生气了。

  《容斋随笔》，是随笔中的上乘之作，我买过多种版本，后来送人了。这是一部很有价值的书。至于你读的那些禅书，我看都是现代化了的佛书，就像现代化了的《周易》一样，看起来实用，但已非原教旨，而上海古籍影印的佛教典籍，又非常之贵，也不易读懂，对于此道，也只好略加涉猎了。

  我的身体，手术后已经半年，一直很好，最近天气一凉，先是感冒，前天又因吃饭不慎，引起腹泻，今天请大夫来，打了一针，还按时服药，恐怕也就止住了。我有时大意，家里人又缺乏卫生常识，虽屡屡嘱咐，有时还是疏忽。现在有病不敢再拖延，只能赶紧吃药。

我读书没有计划，现在读柳溪拿来的《阅微草堂砚谱》，此书卖得很贵。因为我当了《纪晓岚全集》出版委员会的一个顾问，她就送我一本。纪是大学者，河北出的全集，不知能保质量否？现在的出版物，实在令人不放心。所以我宁可读一些旧版本或影印的书。

今天大风，有病不能做别的事，就给您写了一封长信，耽误您的时间。

即祝

新年快乐，全家幸福！

孙犁

（一九九三年）十二月三十日

映山同志：

接到来信。我近来还在读书，读的是明末野史，这类书，新版、旧版，我有数十种，过去没有系统看过。这次看得比较详细的是张献忠和李自成的故事。他们杀人很多，妇女尤其遭殃。他们攻城时，叫妇女们裸体围城，向城上守兵大骂，这样，城上的大炮，就会点不着，响不了，甚至炮身会崩裂。有人说：张李杀人多，但明太祖起事时，也是这样。果然，我昨天读《明史纪事本末》一书，就读到了同类的故事：元兵包围明太祖的城，他叫兵士们进屋掩藏，叫妇女们"倚门，戟手大骂，元兵错愕不敢逼"。元兵为什么这样老实？因为是少数民族？也不一定。反正明太祖的战法起了作用，张、李用妇女帮忙进攻，他用妇女帮忙守卫罢了。历史如此反复循环，所以很多人就信佛经和易经了。

明末清初，中国大动乱，时间之长，情况之惨，人民真难活下去。张、李之起，主要是因为天灾、饥荒、政治腐败。再加上异族入侵，镇压掠夺，知识分子，尤其不容易过关，非死即降。

我的身体，逐渐恢复正常，不读新书，只好读旧书，好在我存书很多。

即祝

春节全家快乐！

孙犁

（一九九四年）二月七日

映山同志：

来信收到，不知您开会回来没有？

读书和买书，有时是两回事。贪多求大，买了书摆在那里充样子，不是办法。买书要实用，还要不占地方，读着方便。中华的廿四史，虽便于读，但太笨重，不一定全买，可先买前四史：即《史记》《汉书》《后汉书》《三国志》。您已经有了《史记》，先买部《汉书》看看吧。《汉书》和《史记》，有些内容重复，但写法有别，看过的内容，不看也可，可看不重复的部分。《汉书》是一部大著作，不能不读，其中还保留了很多文学名篇，一举两得。看完了《汉书》，再看《后汉书》。《后汉书》也很重要，中国古代的很多思想家、作家，都有论列。

我一切如常，身体逐渐见好。每天也读点书，但"有系统"，我也很难做到。

即祝

近安！

孙犁

（一九九四年）二月二十八日

此信如来得及，可抄一份补寄《文艺报》。

映山同志：

你买的鹦鹉，天津叫虎皮鹦鹉，是很好养的，给粮食和水就是了。要一对，可繁殖。我没养过，嫌它吵人。这不是林妹妹养的鹦鹉，她养的那种是稀有动物。

北方养鸟，讲究的是画眉、红脖、百灵。前两种不吃粮食，不好弄；后一种产于张家口一带。过去每逢春季庙会，总有贩子卖雏鸟，也不很贵，自己养大，地主家老太爷多养之。近年乱捕成鸟，又养不活，因此货源少，很贵重，连天津市也很少见有人养了。此鸟吃油粮（小麻），又安静，站在笼中平台上，叫得又好听，且不必遛。

我并没养过讲究的鸟，只养过黄雀（就是你说的黄鹂，你弄错了，黄鹂个儿大，养的人很少）、玉鸟，这都是吃粮食的鸟。此外，还有大山雀，如豆瓣、金钟；小山雀如虎皮、腊子等，都是一个叫红柳的诗人，捕了送我的。自从病了，把鸟都送人处理了，也没精神侍奉它们，不想养了。

杜甫的诗，因随翻随写，还要查一下，等以后再告你吧。

即祝

近安！

          孙犁

（一九九四年）六月十一日（六月八日）

映山同志：

来信收到。我九月份写了八篇文章，其中两篇为旧稿。因为是在激怒的情况下写的，可以说是大放厥词，百无顾忌，大有姜太公在此，诸神退位的味道。这还能不得罪人？这已不是四面树敌，而是八面树敌了。写了一阵，气消了，也就觉得无聊，就不再写了。十月，十一月两月，一字未写。附上最近一篇。

祝

好！

          孙犁

（一九九四年）十一月二十七日

致任彦芳(一封)

彦芳同志：

　　收到你寄赠的诗集《帆》，你的诗感情深挚而语言明丽，我很喜欢，书印得也很好。你在下边时间已很长，前些日子听人说你已回长春养病，不知确否，甚为悬念。望注意身体，有便，并望将身体情况见告。

　　我如常，春天曾出去跑跑，亦走马性质，不深入也。

　　专此

敬礼

孙犁

(一九六四年)十月九日

致阿凤（一封）

阿凤同志：

你好。

请你在写信给滕鸿涛时告他：我的书只再版一本，手下已无书，其他更找不到，等以后得到时，一定寄给他。

写信给吕剑同志时，告他：向他问候。希望他寄诗作来。他过去写的我的"访问记"，我已编入《村歌》作为"附录"，东北一些大学也翻印了。

麻烦你。

祝

好!

犁

(一九七九年)一月十六日

致郭志刚(两封)

志刚同志:

八月六日惠函敬悉。当晚,拜读了你写的文章。我以为是写得很好的。这当然不是因为你对《白洋淀纪事》这本书,加了好评。

我是觉得,你写评论文章的方法好,即实事求是的方法。这些年,我们在好多领域,丢了这四个字,损失太大了,当然,这是因为"四人帮"蓄意这样做的。

没有实事求是的精神,还有什么辩证法、唯物论?还有什么政治标准、艺术标准?只剩下一根棍子。

你的讲义不是那样做的。与他们相反，你是介绍了作者的历史。这一点很重要。如果不知道、不研究作者的历史，即他所经历的时代，所处的环境，而去谈他的创作，或评价他的创作，那只能是一知半解。

评论一本书，至少应该知道作者的时代、生活和他的气质。这几方面，构成他创作的基点。

所以，你的讲义的第一部分，说我以生活见长，是奖励之辞。同时，还着重说明《白洋淀纪事》所反映的时代，时代的生活环境、精神面貌，这种做法我是很赞同的。

有些评论者不是这样。他不从作者所处的具体时代、具体环境，及由此而来的文学作品，作艺术分析。他有一个一成不变的标准，在不同时代、不同环境的作者的身上丈量。这样做对他说很方便，下结论也简单容易，但想知道一点艺术的说明，可就难了。

其次，我们有同乡之谊，这无疑大大增加了你评论这本书的方便。是的，地方色彩，地方语言，如果评论者与作者山南海北相隔，也是不能细致地领会作者的艺术特点的。

我感觉到：你的艺术感觉、生活感觉都是很敏锐，很正确的。因此,你的一些判断,都是合乎实际,合乎情理,又属辞留有余地,不那么盛气凌人。所以,我在阅读你的文章时,很觉轻松安逸,收益也就大了。

过去,很多作者都成了惊弓之鸟,一见到评论自己作品的文章,不禁先怦怦心跳起来。棍子主义者还向他要求艺术杰出之作,这可能吗?

评论者对作品,应该有定见。过去,有这种现象:他先批评一篇作品如何不好,作者并没有按照他的意见修改;又过了一个时期,形势一变,他又说这篇作品如何好,作者也不因此感到鼓励。这样观点常起变化的评论者,我以为不怎样伟大。

文学作品,语言当然很重要。你对语言的分析,我很佩服。评论者如果对语言没有修养,只是空谈思想政治,他的评论,只能作一般的批判稿看,不能作为文学评论看。评论者对语言,不知什么是美的,什么是恶的,还能评论文学?

你对语言是有知识,有修养,有训练的。又因为我们是同乡,就更能评判我的语言方面的得失。

好吧。以上不像复信,像在写评论,这是因为上午《文艺报》编辑部的同志来了,谈了一上午关于评论的事，我的脑子冷静不下来。

总之：实事求是，从具体作品出发，作具体的艺术分析，你这种方法，我以为是好的。先有概念，然后找一部作品来加以"论证"，那种方法是不足为训的。

祝

教安

孙犁

（一九七七年）八月十二日下午

志刚同志：

收到贺片。屡蒙关怀，甚为感谢！

我的身体已逐渐恢复正常，生活基本上已走向正轨，只欠没有下楼。春暖后，当练习下楼散步，如果顺利，那就和过去没有什么两样了。

每天无事，整理整理书籍，我买了很多书，有的并没有认真读过，在整理过程中，也找出一些重新阅读。近日读了不少，但杂乱无章。较有系统的为明末清初野史。这种材料，我有很多，近来集中读了徐鼒的《小腆纪年》及《纪传》。他参考了六十二种南明野史，叙述颇有根据。另一部为谷应泰著《明史纪事本末》，他对张献忠和李自成的事迹，记述详备，议论也平允。此外还读了中华书局近年刊印的佛教典籍，但我对禅书，始终读不进去，不知何故。花山出版社送我一本日本古代僧人写的《入唐行纪》，倒很有兴趣。这位高僧，历尽艰险，来中国取经，却赶上了皇帝改信道教，对佛教大加摧残的政治风暴，只好匆匆回国。但收获还是不小，较《大唐西域记》和《法显传》所记，尤为动人，他差不多走遍中国大部，有些路线，我也走过，如去五台等等，反映当时农村风土人情。

和您提这些，只是叫您知道我近来不错，还可以读书，弄文墨，请放心而已。

即祝

春节阖府均吉！夫人和令郎安好！

孙犁

（一九九四年）二月二日

致阎纲（三封）

阎纲同志：

九月十二日函奉悉。

我近来想：我发表的评论文字太多了，其中多放肆之言，很觉不妥。因此，关于给郭的信，发表时要慎重一些，至少希望你们提些意见，我再做些修改，不急于发表。

另，我有不情之请：我想请你把我写给你的信，暇时抄一份给我，或请他人抄一下，老年珍惜文字，以后，我写回忆，有参考之用。此事不忙。

给郭的信，你提出修改意见，请将那信寄我修改。

修改后,我当连同郭的原信,一并寄回。另外,如发表,似亦应征求一下郭同志的意见。

祝

好!

孙犁

(一九七七年)九月十三日下午

阎纲同志:

九月四日函敬悉。

你这样客气,询问我对于你所作的评论文章的意见,那些文章,我还没有机会全部拜读,现仅就读书问题,谈一些我个人的领会,供你参考。

我在高中时,因读社会科学书籍,也涉及文艺理论书籍,后来,对这门学科就发生了兴趣,一直持续了若干年。但我所学习写作的文章,都是很零碎的,谈不上什么评论。

我最初读了鲁迅翻译的几本书,即现在收入《鲁迅译文集》第六集中的那四本书。我以为蒲和卢的著作是很有价值的。我不太了解你的读书情况,恐怕早已经读过了吧。

那时，我还读了柯根教授的《伟大的十年间文学》，借以帮助阅读十月革命以后的文学作品。我以为他的文章是写得很明快的，读起来很有兴趣。此外，我读了沈起予翻译的《欧洲文学发展史》和陈望道辑译的《苏俄文学理论》。这都是很早以前的事了，书名可能记得有误。

鲁迅译的厨川白村的两部书，即《出了象牙之塔》和《苦闷的象征》。我以为现在读读还是有好处的，日本人的文章写得轻松活泼，有些道理，也并非全是错误的。

作家的文论，在某一个方面，有时是比较切实可信的，契诃夫的一些见解，是很深刻的。高尔基、鲁迅的评论文章，直到目前，也很难说有人能够超越。

我读俄国十九世纪那三位天才的批评家的文章，比较靠后。

中国古典文论，我以为唐宋以前的较好，《诗经》的序和《文选》的序，都是阐明文章大义，而唐宋以后的文论，则日趋于支离。成本的书，自以《文心雕龙》为最好，它全面地深刻地说明了文章的构成和规律，作家的气质和特点。这是一部哲学性的文艺理论，除非和尚的长年潜修,是不能写出来的。《诗品》和陆机的《文赋》,也很好。

古代作家的文论,我以为柳宗元的最好,全包括在他写给友人的书信中,他的文论切实。韩愈则有些夸张,苏东坡则有些勉强。

读书,确是要有所选择,生当现代,的确没有过多的精力和时间去泛泛涉猎。鲁迅反对读选集,这要看情况而定。像我们,也只能选择一些大作家的作品和选集来读读。每个时代,读其重要作家,每个作家读其重要作品。像断代总集,如《唐文粹》、《宋文鉴》之类,浏览一下即可。

评论家多读作品,较之多读评论,尤为重要。

金圣叹是很有才气的,他的评论是自成一家的,当时影响很大。中国的评选工作,还没有人作一总结,我以为金评《西厢记》,有时是思路很广的。王国维的著作,也应该学习,他的评论是很有根基的。

浅谈如上。你是不弃下愚,使我深受感动。但是,我的学业,是不足一谈的。青年时期,确实读了一些书,也很刻苦。但十几年战争,读书就很困难,加以进城后,十年荒于疾病,十年废于遭逢。近年环境好了，即急起直追，成就恐怕也不会大了。每念及此，不胜惶惭。

别的问题以后再谈。错误之处，希指正。

孙犁

（一九七八年）九月七日下午三时

关于《铁木前传》的通信

阎纲同志：

昨天收到《鸭绿江》评论组转来的你写给我的关于《铁木前传》的信。说是等我的复信写好了，一同在刊物上发表。

这当然是叫我做文章。但是，我首先问候你的病体，祝你早日康复！

近两三年来，在我写的短小文章里，谈到我自己的地方太多了。我自己已觉得可笑，这样急迫地表现自我，是一种行将就木的征象吧！

其实，作家表现自己，这是不足为奇的，贤者也不免的。真诚的作者，并不讳言这一点。而作品之能具有一些生命力，恐怕还离不开这一点。

你以为小说里就没有作家自己吗？那是古今中外，都无例外，有。

《铁木前传》里，也有我自己，以下详谈。这几年我谈了自己的不少作品，但就是没有谈这本书，在写给一个地方的自传里，我几乎把这本书遗漏了。因为，这本书对我说来，似乎是不祥之物，其详情，请你参看拙著《耕堂书衣文录》此书条下。

初看到你的来信，我还是无意及此。但是我很为你的热心和盛情所感动。今天早晨起来，才有了一些想法。

这本书，从表面看，是我一九五三年下乡的产物。其实不然，它是我有关童年的回忆，也是我当时思想感情的体现。

我下乡的地方，村庄叫作长仕。这个村庄属安国县，距离我的家乡有五十里路。这个村庄有一座有名的庙宇，在旧社会香火很盛。在我童年时，我的母亲，还有其他信佛的妇女，每逢这个庙会，头一天晚上，煮好一包鸡蛋，徒步走到那里，在寺院听一整夜佛号，她们也跟着念。

但我一直没有到过这个村庄。这次我选择了这个村庄，其实不只没有了庙会，寺院也拆除了，尼姑们早已相继还俗；其中最漂亮最年轻的一个，成了村支部书记的媳妇。

在这个村庄，我住了半年之久，写了几篇散文，那你是可以在《白洋淀纪事》中找到的。

其中有两篇，和《铁木前传》有关。但是，我应该声明，小说里所写的，绝不是真人真事，所以无论褒贬，都希望那里的老乡们，不要认真见怪。

创作是作家体验过的生活的综合再现。即使一个短篇，也很难说就是写的一时一地。这里面也不会有个人的恩怨的，它是通过创作，表现了对作为社会现象的人与事的爱憎。

读者可以看到，《铁木前传》所写的，绝不局限在这个村庄。许多人物，许多场景，是在我的家乡那里。在这个村庄，我也没有遇到木匠和铁匠，当我来到这个村庄之前，我还在安国城北的一个村庄住过一个时期，在那里，我住在一位木匠家里。

我的写作习惯，写作之前，常常是只有一个朦胧的念头。这个念头，可能是人物，也可能是故事，有时也可能是思想。写短篇是如此，写长篇也是如此。

事先是没有什么计划和安排的。

《铁木前传》的写作也是如此。它的起因,好像是由于一种思想。这种思想,是我进城以后产生的,过去是从来没有的。这就是:进城以后,人和人的关系,因为地位,或因为别的,发生了在艰难环境中意想不到的变化。我很为这种变化所苦恼。

确实是这样,因为这种思想,使我想到了朋友,因为朋友,使我想到了铁匠和木匠,因为二匠使我回忆了童年,这就是《铁木前传》的开始。

阎纲同志:在我这里,确实没有"情节结构的特点,以及这种形式独特奥妙之处"。你把这本小书估价太高。

需要申述的是,所谓朦胧的念头,就是创作的萌芽状态,它必须一步步成长、成熟,也像黎明,它必然逐步走到天亮。

小说进一步明确了主题,它要接触并着重表现的,是当前的合作化运动。

一种思想,特别是经过亲身体验,有内心感受的思想,可以引起创作的冲动。但是必须有丰富的现实生活,作为它的血肉。

如果这种思想只是抽象的概念,没有足够的生活基础，只能放弃这个思想。为了表达这种思想，我选择了我最熟悉的生活，选择了最了解的人物，并赋予全部感情。如此，在故事发展中，它具备了真实的场景和真诚的激情。

我国文学艺术的现实主义传统，是非常丰富，非常值得学习、值得珍贵的。这个传统的特点之一，就是真诚，就是文格与人格的统一和相互提高。

投机取巧，虚伪造作，是现实主义之大敌。不幸的是，这样的作品，常常能以其哗众取宠之卑态，轰动一时。但文学艺术的规律无情，其结果，当然是昙花一现。

我们目前应该特别强调真正的现实主义，至于技法云云，是其次的。批评家们应该着重分析作品的现实意义及其力量，教给初学者为文之法的同时，教给他们为文之道。

所答恐非所问。

祝

好

孙犁

（一九七九年）十月一日

致张学正(一封)

学正同志：

　　材料已看过，我认为写得很好，只是在引证事实材料的先后，议论多了一些。

　　望便中来取一下。

　　祝

好！

孙犁
(一九七九年)六月二日

致铁凝(七封)

铁凝同志:

昨天下午收到你的稿件,因当时忙于别的事情,今天上午才开始拜读,下午二时全部看完了。

你的文章是写得很好的,我看过以后,非常高兴。

其中,如果比较,自然是《丧事》一篇最见功夫。你对生活,是很认真的,在浓重之中,能作淡远之想,这在小说创作上,是非常重要的。不能胶滞于生活。你的思路很好,有方向而能作曲折。

创作的命脉,在于真实。这指的是生活的真实,和作者思想意态的真实。这是现实主义的起码之点。

现在和过去，在创作上都有假的现实主义。这，你听来或者有点奇怪。那些作品，自己标榜是现实的，有些评论家，也许之以现实主义。他们以为这种作品，反映了当前时代之急务，以功利主义代替现实主义。这就是我所说的假现实主义。这种作品所反映的现实情况，是经不起推敲的，作者的思想意态，是虚伪的。

作品是反映时代的，但不能投时代之机。凡是投机的作品，都不能存在长久。

《夜路》一篇，只是写出一个女孩子的性格，对于她的生活环境，写得少了一些。

《排戏》一篇，好像是一篇散文，但我很喜爱它的单纯情调。

有些话，上次见面时谈过了。

专此

祝好

稿件另寄

孙犁

（一九七九年）十月九日下午四时

铁凝同志：

上午收到你二十一日来信和刊物，吃罢午饭，读完你的童话，休息了一会儿，就起来给你回信。我近来不知犯了什么毛病，别人叫我做的事，我是非赶紧做完，心里是安定不下来的。

上一封信，我也收到了。

我很喜欢你写的童话，这并不一定因为你"刚从儿童脱胎出来"。我认为儿童文学也同其他文学一样，是越有人生经历越能写得好。当然也不一定，有的人头发白了，还是写不好童话。有的人年纪轻轻，却写得很好。像你就是的。

这篇文章，我简直挑不出什么毛病，虽然我读的时候，是想吹毛求疵，指出一些缺点的。它很完整，感情一直激荡，能与读者交融，结尾也很好。

如果一定要说一点缺欠，就是那一句："要不她刚调来一说盖新粮囤，人们是那么积极"。"要不"二字，可以删掉。口语可以如此，但形成文字，这样就不合文法了。

但是，你的整篇语言，都是很好的，无懈可击的。

还回到前面：怎样才能把童话写好？去年夏天，我从《儿童文学》读了安徒生的《丑小鸭》，几天都受它感动，以为这才是艺术。它写的只是一只小鸭，但几乎包括了宇宙间的真理，充满人生的七情六欲，多弦外之音，能旁敲侧击。尽了艺术家的能事，成为不朽的杰作。何以至此呢？不外真诚善意，明识远见，良知良能，天籁之音！

这一切都是一个艺术家应该具备的。童话如此，一切艺术无不如此。这是艺术惟一无二的灵魂，也是跻于艺术宫殿的不二法门。

你年纪很小。我每逢想到这些，我的眼睛都要潮湿。我并不愿同你们多谈此中的甘苦。

上次你抄来的信，我放了很久，前些日子寄给了《山东文艺》，他们很高兴，来信并称赞了你，现在附上，请你看完，就不必寄回来了。此信有些地方似触一些人之忌，如果引起什么麻烦，和你无关的。刊物你还要吗？望来信。

祝

好

孙犁

（一九七九年）十二月二十三日

铁凝同志：

你有半年读书时间，是很好的事。

关于读书，有些人已经谈得很多了，我实在没有什么新意。仅就最近想到的，提出两点，供你参考：

一、这半年集中精力，多读外国小说。中国短篇小说，当然有很好的，但生当现代，不能闭关自守，文学没有国界，天地越广越好。外国小说，我读得也很少，但总觉得古典的胜于现代的。不是说现代的都不如古代，但古典的是经过时间选择淘汰过，留下的当然是精品。我读书，不分中外，总觉得越古——越靠前的越有味道，就像老酒老醋一样。

二、所谓读进去，读不进去，是要看你对那个作家有无兴趣，与你的气质是否相投。多大的作家，也不能说都能投合每个人的口味。例如莫泊桑、屠格涅夫，我知道他们的短篇小说好，特别是莫泊桑，他的短篇小说，那真是最规格的。但是，我明知道好，也读了一些，但不如像读普希金、高尔基的短篇，那样合乎自己的气质。我不知道你们那里有什么书，只是举例说明之。今天想到的就是这些。你读着脾气相投的，无妨就多读它一些，无论是长篇或短篇。屠格涅夫的短篇，我不太喜欢，可是，我就爱读他的长篇。他那几部长篇，我劝你一定逐一读过，一定会使你入迷的。另外，读书读到自己特别喜爱的地方，就把它抄录下来。抄一次，比读十次都有效。

你后来抄的信，此地工人们办的《海河潮》发表了，并附了你的来信。我也曾想到，连续发表书信，不太好，当时无稿子，就给了他们。今后还是少这样做才好。

代我问候张朴同志、张庆田同志好。望你注意身体。

祝

学安

孙犁

（一九八〇年）三月十六日晚

铁凝同志：

收见你二十七日的信。你写的散文《盼》和小说《灶火的故事》我都看过了，原想写篇短文，后以病终止。我们编辑部在发你那篇小说时，配一篇评论介绍，听说要用克明写的一篇。你的小说是这期的头条创作。

《盼》写得很好,你看写试穿新雨衣的那段,多么真切、生动、准确!后面一段稍失自然,然亦无关大体也。

小说开头用的语言,可以看出你的立意是要创新,但也是有伤自然,读着也绕口了。文字还是以流利自然为主。

写柿子,为什么写那么多?我猜想这是你经过修改,留下的痕迹。农村的政策,时在变化,政策是最不好写的。后面写得好。这种老人我在农村是见过很多的,你写得很真实。

我的病,是严重晕眩,已查过,心脏及血压正常,尚需查脑血流及骨质增生两项,因天热,我尚未去查。现已不大晕,但时有不稳定之感,写作已完全停止,下期《散文》,亦将无稿。无可奈何也。

专复 敬祝

夏安

孙犁

(一九八〇年)八月二十九日

铁凝同志：

　　来信收到了。现在寄上我买重的一本《孽海花》，这无需谢。这本书所写不是"艺人"，是赛金花。这是曾孟朴所著，就是我在《文艺报》上说的开真美善书店的那位，是清末的一名举人，很有文才，他在书中影射了很多当时的名人，鲁迅在《中国小说史略》中，曾列有对照表（即真人与书中人），也没有听说有谁家向作者提出抗议，或是起诉。他吸取了一些西洋手法，是很有名的一部小说。你从书中，可以知道一些清朝末年的典章、制度、人物。

　　我对这部书很有缘分，第一次是在河间集市上，从推车卖烂纸的人手中，买了一部，是原版本，《小说林》出版的，封面是一片海洋，中间有一枝红花。书前还有赛金花的时装小照。战争年代丢失了。进城以后又买了一部，版本同上。送给了一位要出国当参赞的同事张君。提起这位张君，我们之间还发生过一次不愉快。原因是张君那时正在与一位女同志恋爱，这位女同志，绰号"香云纱"，即是她那时穿着一件黑色的香云纱旗袍。她原有爱人，八路军一进城，她迅速地转向了革命。有一天，我到张君房中，他俩正在阅读《安娜·卡列尼娜》这本书。这本书，我只读过周扬同志译的上卷，下卷没读过，冲口问道："这本书的下册如何？"这样一句话竟引起了张君的极大不快，他愤然地说："中国译本分上下，原文就是、就是一部书！"弄得我莫名其妙。后来我左思右想，他发怒之因，几经日月，我才明白：张君当时以沃伦斯基自居，而其恋人，在下部却遭遇不幸。我自悔失言，这叫作言者无心，听者有意。因此，当他出国放洋之日，送他一部《孽海花》。因为他已经与那位女性结婚，借以助其比翼而飞的幸福。这次，张君没有发怒。但出国后不久，那位女士又与一官职更高者交接上，以致离婚。我深深后悔险些又因与书的内容吻合，而惹张君烦恼。可能他并没有看这本书。

"文革"前，国家再版了这本书，我又买了一部，运动中丢了。去年托人又买，竟先后买了两部。以上所写对你来说，都是废话。以后有人向你要我的信，你就可以把这一封交他发表，算是一篇《耕堂读书记》吧！

庆田所谈，也有些道理，不要怪他。我觉得你写的灶火那个人物很真实。我很喜爱你的这个人物,但结尾的光明,似乎缺乏真实感。

明年春暖,我很想到保定、石家庄看望一些朋友。

祝

好

孙犁

(一九八〇年)十一月三十日晚

铁凝同志:

二月十九日信,今天下午收到。说实话,我在年轻时,是很热情的。一九三九年,我在晋察冀通讯社工作,每天给通讯员写信,可达数十封。加里宁说,热情随着年龄,却是逐年衰退的。现在老了,很不愿写信。我的孩子们来信,我很少回信,她们当然可以原谅我。但有些朋友,就不然了。来了两封信,并无要紧事,我没有及时答复,就多心起来,认为是"从来没有的"事。他不想一想,一个七十岁多病的人,每天要生火,要煮饭,要接待宾朋,要看书写东西,哪能每封来信都及时回复呢!人老了,确实没有那么多的精力了。

　　我对友人，都一视同仁，从不厚此薄彼，更不会因为这一个去得罪那一个。

　　你看过《西游记》，一路之上，两位高徒互讲谗言，唐僧俯耳听之，还时常判断错误。我是凡人，办法是一概不听，而且非常不愿意听这些谈论别人是非的话。我愿意听些愉快的事，愉快的话。或论文章，或谈学术，都是能使人心胸开阔，精神愉快的。

　　有些关于我的文章，起了副作用。道听途说，东摘西凑，都说成是我的现实，我的原话。其实有些事，是我几十年前才能做的。这样就引来很多信件、稿件、书籍，叫我看。我又看不了多少，就得罪人。对写那些访问记的人，也没有办法。想写个声明，又觉得没有必要。

　　例如有些访问记，都说我的住处，高墙大院，西式平房，屋里墙上是名人字画，书橱里琳琅满目，好像我的居室是奇花异草，百鸟声喧的仙境。其实大院之内，经过动乱和地震，已经是断壁颓垣，满地垃圾，一片污秽。屋里门窗破败，到处通风，冬季室温只能高到九度，而低时只有两度。墙壁黝暗，顶有蛛网。

也堆煤球，也放白菜。也有蚊蝇，也有老鼠。来访的人，能看不到？但他们都不写这些，却尽量美化我的环境。最近因为有人透出我的住址，有一个青年就来信说，可能到我家来做"食客"。你想，我自己都想出家化缘，他真的要来了，将如何办理？

另有一个青年，来采访我的业余生活。观察半日，实在找不到有趣的东西，他回去写了一篇印象记，寄给我看，其中警句为：

"我从这位老人那里，看到的只是孤独枯寂，使我感到，人到老年，实在没有什么乐趣。因此我想，活到六十岁，最好是死去！"

并叫我提意见，我把最后两句，给他删掉了。

我还要活下去呀！因为我想：我从事此业，已五十年。中间经过战争、动乱、疾病，能够安静下来，写点东西，还是国家拨乱反正以后，最近几年的事。现在我不愁衣食，儿女成人，家无烦扰，领导照顾，使安心写点文章，这种机会，是很难得的，我应该珍视它。虽然时间是很有限了。我宁可闭门谢客，面壁南窗，展吐余丝，织补过往。毁誉荣枯，是不在意中的了。

最近《文汇报》发了我的一封信，不知见到否？

我身体不好，心情有时也很坏。最近写了几篇小说，你如能见到，望批评之。

你写的那篇散文《我有过一只小蟹》，谢大光已经给我介绍过，登出来，我一定看。就说你近年的作品吧，我本想找个心境安静的时候，统统看一遍，而一直拖着，我想你就不会怪罪我，我却时常感到不安。此外，别人的作品，压在我这里的还有很多，我都为之不安，但客观情况又如此，我希望能得到谅解。而有些人，平日称师道友，表示关怀，稍有不周，便下责言，我所以时有心灰意冷之念也。当然这是不应该的。

总之，我近来常感到名不副实的苦处，以及由之招来的灾难。

春天，你如能来津，我很欢迎！我很愿意见到你！

祝

好！

孙犁

（一九八一年）二月二十一日晚灯下

铁凝同志：

收到你十一月十七日来信，很是高兴！

我有很多年，不看小说了。但遇到熟人的作品，我也总是看看。前几个月，看了您一篇写一个妇女牵牛赶集，回来的路上，坐在石碑上描字的小说，觉得很好，印象很深。

《他嫂》一篇，我是逐字逐句看完的，大概看了三四天，我看书很慢。看时，我只注意故事和语言。农村场景描写入微，惟妙惟肖；行文如流水飞云，无滞无碍。这都是你的超长之处，应该发扬。至于后半部，有个别场面的描写，以及辞句的使用，当然还可以讨论。我以为这也许是您的一时的兴趣，或艺术上的尝试，原无不可，也不可厚非的。

但文学语言，还是需要纯洁的。小说后半部的用语，似乎滥了些，这样，就对艺术无补，反而成为多余的了。

在当代作家中，您的语言，还是很有修养的，素质很好。有些名家，并不注意语言之美，有的名家还公开声言：写几个错字，文法不通，没什么了不起。这是骇人听闻的。古今中外的作家，都像爱护眼睛一样，爱护自己的语言，从来没有人说过这样的话。今天却能在中国文坛上听到。

承问,"直言"如上,不知当否?

即祝

近安!

孙犁
(一九九二年)十一月二十二日

致傅瑛（四封）

傅瑛同志：

刚才收见你的热情来信，很是感动。

你准备写关于我的文章，我是很高兴的，并预祝你能写得满意。我能帮助你的，是提请你在写作时，应该注意这些事项。

这两年，写这方面文章的已经不少，多是人云亦云，能提出自己新的研究成果的，并不多见。这一方面，是我本身本来浅薄，没有什么可以研究的；另外，有些作者，对我的作品、生活经历、艺术爱好、性格气质，知道得太少，多是道听途说之言。我想，你写时，如果能把以上几方面，结合你读我的作品的心得，写些别人没有谈过的、生动活泼、新颖、有多方面根据的论点出来，一定是很有意义的事，这对我的帮助，也会是很大的。

写论文应从作品研究出发，把作品读熟，并有自己的看法，能与作品起到共鸣，那文章就一定能写好。我希望你做些札记，然后用论点把它们连贯起来。

《文艺报》六月份和七月份，将刊登我一篇文章，题目是：《生活和文学的路》，共一万五千字，包含我的生活历程，文学见解，以及文艺与政治，现实主义、人道主义等等。这对我来说，已经是"长篇创作"了。我投入了很大的力量。为什么想写这样一篇文章呢？这也是文人的一种积习。我觉得，我已经是风烛残年，我想给自己做个总结。这是可信的。其他的人所谈，多传闻之辞，不足为凭的。刊出后，你能读一读这篇文章吗？它将会对你的写作，有一些帮助的。我想你读起来，会是有兴趣的。

你如果暑假有回津探亲的计划，我很欢迎你到寒舍谈谈。我有病，很少出门，所以是很好找的。如果你只是为了见见我，天气这样热，路途又这样远，专程一趟，那实在是不敢当的。我不善于谈话，见面恐使你失望，写信最好。

见到你的信，马上写了这些话，没有条理，如所答非所问，望再来信。

专复。祝

学安

孙犁
（一九七九年）五月二十八日下午一时

傅瑛同志：

你的信及论文收到很久了。我近来很忙。论文今晚读过，我以为写得很好。写得很细，也有新鲜的见解。你可以投投稿，如能发表，此地正有人编关于我的评论集，我可请他们看看，他们只收发表稿。

你可以和冉淮舟同志多联系。他最近编我的文集编目，比较详明，约在九月，在《莲池》刊载。

祝

好

犁
（一九八一年）六月二十日

傅瑛同志：

　　收到十月十五日惠函。见到复制的文章，真是太高兴了。这真不容易，谢谢小黄吧。

　　预先祝贺你！

　　很欢迎你写我的评传，并相信你能写得好的。

　　至于年表的年月问题，我现在也糊涂了，就按你得到的材料处理吧。

　　那封信真是命运不济，《解放日报》又给转到《文学报》了。

　　祝

好

犁
（一九八一年）十月十八日

傅瑛同志：

　　七月三十日大函奉悉，甚为高兴。

　　知贵体曾有不适，仍希随时注意，按时服药，避免再犯。

我去年此时住院，非常危险，幸医生得力，得以全活。病为幽门梗阻，切除后，使胃与十二指肠吻合，效果极佳。至今一周年，基本已恢复病前状态，日常生活自理，清晨下楼活动活动，惟年岁已大，仍需时刻小心而已，希勿念。

您什么时候方便，希能晤谈，我的住处：天津鞍山西道学湖里16－2－301编码300192

祝

全家安好！

孙犁

（一九九四年）八月十四日

致阎豫昌(一封)

豫昌同志:

来信及惠寄书刊均收到,甚为感谢。访问记及《奔流》上的散文,当即拜读。我以为是写得很好的。你的散文流畅,并能写出一些新的材料。日后当注意者为语言的稍事含蓄,以及文章的更精当的剪裁耳。

访问记中有两个人名,书写稍有误,其正确写法为:陶亢德、徐盈。日后结集,可改正。

我于上月十五日发生严重晕眩,并跌倒,然血压及心脏均正常,现已不晕,仍希勿念也。因不能多用脑，所寄著作，当从容阅读，日后将意见寄上。

专此

敬礼

孙犁

（一九八〇年）八月十八日

致刘心武（一封）

心武同志：

十月二十日惠函奉悉。刊物亦收到。《江城》我也有，当时见到你的文章，曾函托绍棠同志，代致感谢之意，想已转达。

你的作品，除《班主任》外，还看过一些（去年《上海文学》登有一篇以业余作者访问你为题材的小说，我也看过，恕我忘记了题目）。我以为都是写得很好的。但先有概念，然后组织文章的说法，我不太赞同。等我看过《十月》及《新港》所登的，再和你讨论。我以为，风格是每人各异的，所谓艺术性，也不是划一的。每人有每人的起点，只能沿着起点前进，不必改变自己的基本东西。另约稿太多，也可适当推辞一些，我觉得你们的负荷太重，也于艺术不利。以上只是臆测之词，比较详细的意见，等我看过那两篇作品，再写信给你。我读书很慢，但读得比较认真，时间如果拖得长了，请你谅解。

我身体不好，今年又加上时常晕眩，已经不能从事认真的创作，所写杂文，有时兴之所至，也没有什么分寸，好在一些同志能够宽宏对待，还没有出什么大娄子。不过，以后就是写这种文章，也要慎重了。

你怎么不到天津来玩玩？

专此 祝

撰安

孙犁

（一九八〇年）十月二十七日

致俞天白（一封）

天白同志：

十二月十日大函奉悉。昨天收到河北出版社寄来的《吾也狂医生》样书两册，我看印得还算是好的（按他们的技术水平），只是我写的字太丑了。此作，我当慢慢看一下。入冬以来，我的身体很不好。

至于要我对茅公奖说几句话，那是你不了解我的身份和地位的缘故。我人微言轻，直到今日，不过是一个地方报纸的编委，一介寒儒。说那种话，是要有官职地位的人，才能发生效力。目前的文艺界，已经是一片官气了。

　　我可以给《萌芽》写点稿子，就是在《人民日报》上登的，再有两段，也就结束了。原因是最近几节涉及了"青年作家"，有些人很不高兴。你看看，这种吞吞吐吐的话，都不能说，文章还怎样写法？

　　寄上近期照片一张，留作纪念吧，并附习字一纸。你的字写得就好多了。

　　祝

好！

孙犁

（一九八一年）十二月十四日

致鲍昌(一封)

鲍昌同志:

　　这几天,看了一部分《庚子风云》,看了一章写宫廷生活的,看了一章写农民生活的。我以为写得都很好,有很多精彩的叙述与描写。比较起来,写农民的部分,给我留下的印象更深,写比赛插秧一节,写得有声有色,非常火炽。这是很不容易的,确有独到之处,写宫廷的部分,水平也不低。但是,我有一个成见,以为历史小说,是很难写好的。第一是时代变迁,人物形象很难掌握,以今天现实概括古代生活,究竟不是办法，处处根据材料，则又不易生动。重点放在写上层，则困难更多，易流于皮毛。当然义和团年代较近，除去大量文字材料，尚有口碑可寻。即使如此，也非易事。历史小说，我以为只有《三国演义》，得天独厚，因为裴松之的注，很多人物，不只有形象，而且有语言。另外三国形势，也易结构。加以戏曲成果，话本演进，都能助罗贯中一臂之力。《隋唐演义》已经粗糙不堪，然尚能留下些人物性格。《五代史平话》，则简直不成章法，读之令人有不如读历史之感。此外，成功之作，就更不多见了。

你的小说，如果重点放在写农民上，则是上策。上层可少写，下层可多写，结构求其严谨，注意剪裁。不求其大，只求其精。人物力求合乎历史实际。这是大、小托尔斯泰的路子，想早已在考虑之中，并实施之矣。但这是我的估计之词，无权多说，仅供参考耳。

本应多读一些再谈，又恐怕你惦念，先此奉闻。其余部分，当从容拜读，亦希鉴谅。

总之，我读过的印象是很好的。文字语言，也很考究,非泛泛之作,影响一定会不小的。

　　匆此,祝

好!

　　　　　　　　　　　　　　　　　　　　　孙犁

　　　　　　　　　　　　　　　　（一九八一年)三月十六日下午

致贾平凹（四封）

平凹同志：

今天上午收到你十二日热情来信，甚为感谢。

我很早就注意到你的勤奋的，有成效的劳作，但我因为身体不行，读你的作品很少，一直在心中愧疚。"五一"节在《文艺周刊》，看到你短小的散文，马上读了，当天写了一篇随感：《读〈一棵小桃树〉》，寄给了《人民日报》副刊版，直到今天还没有信息，我已经托人去问了。如果他们不用，我再投寄他处，你总是可以看到的。

文章很短，主要是向你表示了我个人衷心的敬慕之意。也谈到了当前散文作品的流弊，大致和你谈的相似，这样写，有时就犯忌讳，所以我估量他们也可能不给登。近年来我的稿子，常常遇到这种情况，不足怪也。

你的散文的写法，读书的路子，我以为都很好，要写中国式的散文，要读国外的名家之作。泰戈尔的散文，我喜爱极了。

中国当代有些名家的散文，我觉得有一个大缺点，就是架子大，文学作品一拿架子，就先失败了一半，这是我的看法。我称你的散文是不拿架子的散文。

读书杂一些，是好办法。中国哲学书（包括先秦诸子）对文学写作有很大好处，言近而旨远，就使作品的风格提高。所谓哲理，其实都是古人说过的，不过还可以和现实生活结合起来，加以运用发挥。《红楼梦》即是如此成功的。

在创作方面，要稳扎稳打，脚步放稳。这样前进的人，是一定成功的。

等我再读一些你的作品，再谈吧。

祝你

安好

孙犁

（一九八一年）五月十五日下午三时

平凹同志：

　　昨天晚上收到你的信，因为赶写一篇文章，未得及时奉复。今天早些起床，先把炉子点着，然后给你写信。

　　我们虽然没有见过面，可以说神交已久，早就想和你谈谈心了。前几个月，我也忽然梦到你，就像我看到的登在《小说月报》上你的那张照片。

　　我很孤独寂寞，对于朋友，也时常思念，但我怕朋友们真的来了，会说我待人冷淡。有些老朋友，他们的印象里，还是青年时代的我，一旦相见，我怕使他们失望。对于新交，他们是从我过去的作品认识我的，见面以后，我也担心他们会说是判若两人。

　　但是，你这次没到天津来，我还是感到遗憾的。我想，总会有机会见面的。

　　入冬以来，我接连闹病，抵抗力太弱了，又别无所事，只好写点东西，特别好写诗。前些日子，在《羊城晚报》发表了一首诗，题名《印象》，收到一位读者来信说："为了捞取稿费，随心所欲地粗制滥造。不只浪费编辑、校对的精神，更不应该的是浪费千千万万读者的时间。"捧读之下，心情沉重，无地自容。他希望我回信和他交换意见,因为怕再浪费他的时间,没有答复。

我的诗的毛病,曼晴同志为我的诗集写的序言,说得最确切明白不过了。但因为一开头就如此,所以很难改正过来。其实不再写诗,改写散文也行,又于心不甘,硬往诗坛上挤。我的目标是:虽然当不成诗人,弄到一个"诗人里行走"的头衔,也就心满意足了。

过去,作品发表以后,常常遇到一些棒喝的批判。近几年,因为有一些勇士,在那里扫荡,这种文章少见了。好写这种文章的人就改变方式,用挂号信,直接送货上门,随你爱听不听。言者无罪,闻者足戒,最好置之不理。

有些人是由于苦闷和无聊,和你开开玩笑,比如,我在一篇文章的末尾注明:降温,披棉袄作。他就来信问:"你一张照片上,不是穿着大衣吗?"又如,我同记者谈话时说,"文化大革命"时,有人造谣说我吃的饭是透明的。他就又问:"那就是藕粉,'荷花淀'出产的很多,你还买不起吗?"

说实在的,我收到的信,远远不如你们青年作家收到的多。其中,多数都是好心好意,我常常为他们那种幼稚天真的心灵所感动，有时甚至难过：天下的事，哪里像他们所想象的那么容易！我回复的也很少，我确实有很多别的事要做，没有那么多精力了。

有的人也许会这样想：他们的稿子所以不得发表，是因为有老年人在那里挡着。我认为在官阶职位上，这种现象确实存在，在文学艺术上，就不能这样理解。各家刊物、出版社，虽有时对老年人不得不有所照顾，但就其总的趋势来说，其欢迎年轻人的劲头，比起欢迎老年人来，就大多了。历来如此，人之常情，谁也喜欢年轻的。其实也不必着急，不上十年，这些老家伙就会逐个消失，这是历史潮流所向，任何人不能阻挡的。

我的经验是：既然登上这个文坛，就要能听得各式各样的语言，看得各式各样的人物，准备遇到各式各样的事变。但不能放弃写作，放弃读书，放弃生活。如果是那样，你就不打自倒，不能怨天尤人了。

祝

全家安好！

孙犁

（一九八二年）十二月四日清晨

平凹同志：

今天晚饭前，收到你的信，我心里有些不平静，吃过饭，就给你写信。

今年天津奇热，我有一个多月，没有拿过笔了。老年人，既怕冷，又怕热。

我觉得，从事创作，有人批评，这是正常的事。应该视若平常，不要有所负担，有所苦恼。应该冷静地听，正确的吸取，不合实际的，放过去就是。不要耽误自己写作，尤其不可影响家人，因为他们对文艺及其批评，不明底细，你应该多给他们解释。

前几天北京来人，和我谈起了你。我说，青年人一时喜欢研究点什么，甚至有点什么思想，不要大惊小怪。过一段时间，他会有所领悟，有所改变的。那位同志也是这样看。

我也买过一些佛经，有的是为了习字（石刻或影印唐人写经），大部头的，我都读不下去，只读过一篇很短小的"心经"，觉得是其中精华。作为文化遗产，佛教经典，是可以研究的。但我绝不会相信，现在会有人真正信奉它。中国从南北朝，唐朝达到顶点，对佛教的崇奉，只是政治作用。人民出家，却大多为了衣食，而一入佛门，苦恼甚于尘世，这是我们从小说中，也可以看出的。

所以说，传说中你有这种思想，我是从不相信的。但人生并非极乐世界，苦恼极多，这也是事实。青年人不要有任何消极的想法，如有，则应该努力克服它。

你的小说，我只看过很少的几篇，谈不上什么"出世"或"顿悟"之类。但我觉得，你的散文写得很自然，而小说则多着意构思，故事有些离奇，即编织的痕迹。是否今后多从生活实际出发，多写些日常生活中的人和事，如此，作家主观意念的流露则会少些。

我的话，不知引起你的愉快或是不愉快，请你原谅我的信笔直书。

祝

好！

孙犁

（一九八三年）七月三十一日晚七时

平凹同志：

很久没有联系，忽然奉到您的信，我的高兴，可想而知。

联系少,也是因为我近年身体大不如前,再加上各种因素,心情时常不佳,很少高兴的时候。给朋友们写信很少。

知道您要办一个散文刊物,名叫《美文》,我很赞成。美术、美声、美文都是很好的名称。当然要看实际。现在,散文的行情,好像不错,各地报刊争办随笔一类副刊,也标榜美文,但细读之,名副其实者少。

我仍以为,所谓美,在于朴素自然。以文章而论,则当重视真情实感,修辞语法。有些"美文"实际是刻意修饰造作,成为时装模特。另有名家,不注意行文规范,以新潮自居,文字已大不通,遑谈美文!例如这样的句子:"未必不会不长得青枝绿叶",他本意是肯定,但连用三个否定词,就把人绕糊涂了。这也是名家之笔,一篇千字文,有几处如此不讲求的修辞,还能谈到美文?

另有名家,本来一句话,一个词就可说清的意思,他一定连用许多同类的词,像串糖葫芦一样,以证明词汇丰富,不同凡人,这样的美文,也是不足称的。近年"五四"散文,大受欢迎,盖读者已发现新潮散文,既无内容,文字又不通,上当之余,一种自然取向耳。

来信所谈,作家、作品与政治的关系,是实情。现虽不再谈为政治服务,然断然把文学与政治分离,恐怕亦不可能。服务与否,原可不论。官总得有人做,谁做也一样。只是有些作家,只能得意,不能失意,只能上,不能下,则有愧于古人。韩柳欧苏,并非如此。

毋庸讳言,当代一些所谓新潮作家,他的处女成名作,也是适应了当时的政治需要,而得以走红。这本来无可厚非,继续努力,自然可以成名家。然每当跻身官场(文艺团体也是官场),便得意忘形,无知妄作。政治多变,稍遇挫折,便怨天尤人,甚至撒泼耍赖。这不只有失政治风度,也有损作家风采。

文坛现状,使我气短,也很想离得远些了。写东西已很少,也写不好了。但如有像样的东西,我一定寄您请教。

我现在主要是心脏不好。

祝您

身体健康!

孙犁
(一九九二年)四月二十五日

致宫玺(一封)

宫玺同志:

二月二十四日惠函、赠书、诗作均收见,甚为感谢! 诗作甚佳,尤当铭记。

因病一直拖到现在才给你复信,务请原谅!

我写的散文,每年也就是薄薄的一本,前几本都是天津百花出的,虽然印得并不理想,因我在此地工作,也不好拿到外地去印。这一点,也希你鉴谅。以后如写得多些,另编一册,寄奉请教,不知能做到否。

　　祝

好!

　　　　　　　　　　　　　　　孙犁

　　（一九八二年）三月二十日

致佳峻(一封)

谈作家的立命修身之道

收到你的来信和寄来的刊物《民族文学》一九八二年第九期。你的热情,感动了我有些枯寂的心。但一看到你的小说是个中篇,又是小字排的,我也有些为难。昨天下午,坐在阳光强的西窗下,开始阅读。

我从来不好夸大其辞。我读了几段之后,就为你的艺术的功力,你所反映的民族生活,你所投入的思想情感,你所运用的表现手法所吸引了。前些日子读了你写的《小草》,我就对人说,你进步很快,即将唱出不同凡响的歌。你的这篇《驼铃》,证实了我的话,我私心高兴极了。

当然,你的这种成就,并不是轻而易举地得来的。你来信说,廿年前你开始给我写信。可见,你从事此业,一定有更长的时间。现在,很有些人,以为文学事业,依靠天生之才或外界之力,可以速成,是很靠不住的。

近几年来,我也不断阅读一些新的文学作品,能使我净心涤虑,安静愉悦地读下去的东西,并不太多,你的作品,使我深受感动,你那些深沉的、真实的、诗一般的描述,竟使我干枯的老眼,饱含热泪。难道是我对你的作品的偏爱吗?我感觉到了你的艺术良心的搏动。它的音律,它的节奏,是我所熟悉的,是我能够理解的。它引起我对你所描述的生活的向往和热爱。它为我的心灵所接收容纳。它的全部音量,长时间在我的胸膛里汹涌。

你的作品,有宏大的艺术力量。这种力量来自生活,来自作家对生活的虔诚。你的生活积累,生活感受,是长期的,深厚的,是经过筛选的,是质地纯良的。生活、题材,在有些人的口头上,是多么简单的一回事!但读过他们的作品,并没有感动我。最初,我以为他们是吹牛。后来一想,也不尽然。他们是有生活,也有体验的,但对于生活,没有选择,没有取舍。他们的体验是褊狭的,卑琐的,没有经过提炼。作家站立的位置太低了。

艺术要求博大精深。我也做过一些努力,然而这一目标,对我来说,始终是可望而不可即的。有时在一个方面,用些功夫,好像有了些收获;但一看其他几个方面,又大大地失望。

你的艺术,在这四个字上,是有所开发的,如果你能不为易染的骄傲之气所耽误,是会大有希望的。我所以感到非常兴奋,就是因为看到了这个苗头,这线曙光。

因此,当你在信中提到因为我的作品,已经形成了一个什么流派的时候,我是非常惭愧的,并认为你也未能免俗,无心地重复着别人说过的话。并没有那么一个流派。或者说,所谓的那个流派,是隐隐约约的,若有若无的。

但是,当我读过你的小说《驼铃》,特别是它的前一部分之后,我忽然想:如果已经开始的,你的富有创造性的艺术，能够不弃涓细，把我的微薄的作品，潺潺的音响，视为同流，引为同调，我将感到非常荣幸。

所谓流派，须是风格相近，才能形成。然风格又常常因人而异，且时有变化，所以真正、持久地形成，也很困难。风格绝不是形式。有人把风格看成是形式，说成是外在的东西，实是皮毛浅见。其中最重要的是态度，即作家的"创作用心"。用心的高下、宏细、强弱、公私、真伪的分别，形成风格的差异。

你的风格，我认为是真诚的，高格调的。充满甘苦和血泪，欢笑和希望。你的行文似诗作，如怨如慕，如泣如诉，是能引起万物的共鸣的。

作家必须与自己的民族的命运，紧紧联系在一起。他要表现的，包括民族的兴衰、成败，优点和弱点，苦难和欢乐。包括民族的生活样式，民族的道德风尚。我对蒙古民族是生疏的，但从你的小说中，我看到了以上这些东西，并见到了我对自己民族的赤子之心。

有的人，忽视民族道德、伦理、文化的传统，他们强调"创作"，强调要"赶上时代"。当然，创新和时代都是重要的，但如果不在民族传统上去理解和认识，那所谓新，所谓时代，就容易变成了"时髦"。时髦是好赶的，不费吹灰之力，贩夫走卒皆优为之。君不见街头巷尾，宅前宅后，妈妈们拖着刚刚会说话的婴儿，教他们用英国话，与客人再见，到处是拜拜之声乎！

我的藏书中，有《元朝秘史》、多桑《蒙古史》，虽未细读，但我知道蒙古民族是伟大的民族，是有伟大体魄、宽阔胸怀和丰富情感的民族。你的小说，充分表现了这一点，这是决定你的艺术风格的根本。

你的小说，写了蒙汉两族人民的团结和主人翁具备的高尚品质。文学，就其终极目的来说，歌颂人民精神世界中高尚的东西，是它的主要职责。各个民族，都有它的道德规范。这种规范，并不是哪一个圣贤创造出来的，也不完全是统治阶级为了个人私利，强加于人民的。如果是那样形成的，人民就不会长期信奉遵守它。形成这种规范，是为了民族的生存和进步。规范是在不断完善中发展的。规范，在人的头脑中，形成观念，同时反映在文化教育之中，受政治的影响和制约。规范的形成是长期的，曲折的，甚至是困难的。但当它遭到破坏时，其崩溃之势，也是不易收拾的。

文学也是一种观念形态。因此，对作家的要求，常常是一些抽象的说法，比如说，要当一个正直的作家，作家要凭艺术良心写作等等。实际上，并不是每个人都能这样做到。或者说，有很多人并不能做到这样。因为文学工作是很复杂的精神劳动。在从事这种工作时，作家容易受到外界的各种事物，各种力量，各种利害关系的干扰。有些人就不那么正直了，就不那么能凭良心说话了。

但我们希望要严格要求自己，使自己成为一个正直的人，成为民族的忠实的热诚的歌手。

读着《驼铃》，我听到了你的忠实而热诚的歌。

作家要有主见和主张，不能轻易受外界的影响，动摇自己的信念，这是作家的道德规范。过去，我们见到了一些作家和批评家，今日东向，明日西向，大言不惭，没有固定形象，他们的"工作"，虽然在一个个时期，声势赫赫，是不足为训的。他们的作品，也是难以最终结集的。因为一结集，那些作品的主题，便会自相冲突，自我矛盾起来。

很明显，以你的努力，你即将跻身在文坛之上，崭露头角。文坛虽小，也是一个社会，并长期被人看作名利之场，所以，并不像年轻人所通常想象的那样，是个乐园，是个天国。历史上，这里也有所谓权势、地位，也有排挤和倾轧。站在这个文坛上，并不像登高山临大泽，那样能安闲地放歌行吟，远望沉思。它常常向你吹来纠纷和干扰的风。你应该冷静清醒，这样才能继续有效地工作。

对于蒙古族的文学史，我一无所知。近年，北京出版了一种刊物，叫《新文学史料》，上面主要登载"五四"以来作家的传记和轶闻。我是很喜欢看的，希望你也注意及之。从上面，你可以看到，作家这一行业的复杂性，作家所走的不同道路，所得到的不同结果。这些结果，有的是时代造成的，有的是自己造成的，读之惊心动魄，深可借鉴。

我虽驽钝，也曾想从近代文学史中，吸取一些为人作文的经验教训。深深感到，鲁迅先生之所以为众人景仰，无异辞，当之无愧，是因为他的伟大人格，对民族强烈的责任心，对文学事业的至死不渝的耕耘努力。

我想，既然从事此业，就要选择崇高一点的地方站脚。作品不在多，而在能站立得住。要当有风格的作家，不能甘当起哄凑热闹的作家，不充当摇旗呐喊小卒的角色。我已老矣，无所作为，但立命修身之道，愿与你共勉。

  祝

安好！

（一九八二年）九月三十日夜

致李贯通(三封)

贯通同志:

寄来信及刊物收到。当即读过你的小说。小说写得很好,很吸引人,我吃过晚饭,一口气就读完了,忘记了抽烟。可见是有它的特点了。

几个人物的性格,及他们在家庭中的处境地位,写得都很好。妹妹、父亲、母亲,写得都很真实动人。小说主要是写出人物来,就是写出"人情"来。故事情节都要服从这一点,不能倒置。你的小说,情节故事还可以单纯一些,例如文化大革命及遇到管文物的老人,均可从简。写这些东西,主要是为了"道理",而道理本应从人情中生出,不应从编故事中生出。

祝

好!

孙犁

(一九八二年)十一月二十四日

贯通同志:

前后寄来的信和刊物,都收到了。《萌芽》我这里有,《上海文学》也有的。看到刊物上有你的新作,我都是感到高兴。看到你的作品被重视,发在显著地位,我尤其从心里喜欢。所以说,我虽然常常没有及时把你的作品看完,对你的创作还不能说是不关心的。

我的身体和精力,一年比一年差,衰退得很快。一天的工夫,也不知怎样就白白过去了。坐下来看书的时间很少,只是在晚上关门以后,才能安静地看一会儿书。这些年我好看古书,根底又差,有些书读起来很吃力,这些书又没有标点,有时为了几句话,在那里默默读若干遍。

不只是你,还有不少别的同志,寄来的刊物、书籍、文稿，我都没有及时看，压在那里，很觉辜负同志们的一片热心，心里很惭愧。

写作也少了。前几年，我写些短文章，发表在报纸副刊上。今年发现，寄一篇稿件到广州，要二十多天或一个多月，编辑部再压一压，登出来，距离写作之日，常常是两三个月了。改寄期刊，那时间就更要长。出一本散文集，要一年半。因此，写作的兴趣，大大降低了。

自己不愿意写，对别人的文章，看着也就没有热心了。对文坛上的现象，也就不大关心，很少去思索了。

近来，刊物、小报不断增加，都在谋求生财之道。文学艺术，当然不可避免地会导致赚钱，但以赚钱为目的的文学艺术，就常常出现廉价招徕等等流弊。现在有些作者，把我们这个古老民族，压在箱底多年的，人们早已忘记的种种怪事奇谈，都翻腾出来了。重加粉饰编排，向新的一代青年抛售出去。其中包括皇帝、宦官、大盗、女特务、怪胎、尼姑、和尚等等。其内容，正像旧社会电影广告上大书特书的：惊险、火炽、曲折、肉感。其理论为：以小养大，以通俗养正统；先赚钱后办正事等等。

对于这些现象，我是有些迷惑不解的。正形成一股风，不可阻挡，而且常常和"改革"这两个严肃的字眼，连在一起，有识之士，是谁也不愿多说话的。

事实是，经过十年动乱，青年一代文化修养的正常进程，遭到了阻碍和破坏，对文学艺术的鉴别能力，欣赏水平，都有很大程度的降低，需要认真地补课。灵魂的创伤，需要正常、健康的滋补。应该给他们一些货真价实的，能引导他们前进向上的，现实主义的文艺作品。不应该向他们推销野狐禅，或陈腐的食物。

这种现象，可以解释为：是对过去管得过严，限制太窄，只许写工人农民，只提倡写英雄人物，高大形象，重大题材的一种反动。也因为以上原因，在通俗文学的理论研究、材料积累方面，在培养这类作家方面，并没有做过充分的准备。淤塞过久，一旦开放，泥沙俱下，百货杂陈，必然出现芜杂的局面。

前几年，青年人步入文坛，欲获"名"，必写爆炸性作品。有的爆炸不当，反倒伤了本身。近二年，欲获"利"，必写"通俗"作品，如标准太低，也会卖倒行市的。

你从县里调到地区编刊物,当然是好事,编刊物可以认识好多人,发表作品也方便容易些。但这些有利条件,不是创作事业的根本。有很多人进了编辑部,反倒写不出像样的东西来了。你现在又因为照顾母亲,回到县里去,我以为对你的创作前途,是大有好处的。说来说去,创作一途,生活积累总是根本,其次是读书。回到县里,从这两方面说,都比你整天埋在稿堆里,或是交际应酬好得多。

从事创作,只能问耕耘,不能预计收获。皇天总不会负有心人就是了。也不必去做"诗外功夫"。我青年时从事此业,虽谈不上成绩,也谈不上经验,但我记得很清楚,从来也没有想过,给权威人物写信求助。因为权威人物是不肯轻易发言的,只待有利时机,方启金口。有时说上一句两句,钝根者也不易领会其要领。即使各种条件成熟,你的姓名,被列入洋洋数万言的工作报告之中,并因此一捧,使你的作品得奖,生活待遇提高,得到一连串的好处,对你的前途,也不见得就是定论。历史曾经屡次证明这一点。

还是那句老话,只问自己用力勤不勤,用心正不正,迈的步子稳不稳。至于作品的得失荣枯,先不要去多想。

给我写信，是另一回事，与上述无干。因为我说你写得好或是不好，都是秀才人情，无关实利。我们是以文会友，不是以文会权，或以文会利。

幼年读古文，见到唐宋大作家，为了文名，上书宰相权贵，毕恭毕敬，诚惶诚恐，总觉得替他们害羞似的。年稍长才知道，他们实在有难以克服的苦处难处，什么都谅解了。无论各行各业，无论什么时代，总有那么一种力量，像寺院碑碣上记载的：一法开无量之门；一音警无边之众。令人叹服！

我年轻时，也很好名。现在老了，历尽沧桑，知道了各种事物的真正滋味，自信对于名利二字，是有些淡漠了。但不要求青年人，也作如是想。因为对名利的追求，有时也是一种进取心的表现。

还有的青年作者，不了解情况，寄稿件来，希望我介绍发表。现在，我既不是任何刊物的主编，也不是任何刊物的编委。稿子即使我看着可以，介绍给本地的刊物，人家不用，我还是无能为力。只好陪伴作者，共同唉声叹气。

最近，我已经申请离休，辞去了所有的职衔，做到了真正的无官一身轻。虽然失去了一些方面，但内心是逍遥自在的。这样就可以集中剩余的一点精力，读一点书，写一点文章了。

前两天，天津下了一场大雪，这是一场很好的雪。我从小就喜欢下雪，雪，不只使环境洁净，也能使人的心灵洁净。昨天晚上，我守着火炉，站在灯下，读完了你发表在《萌芽》上的小说《第二十一个深夜》。在我读小说的前半部分时，我非常喜欢，对你的艺术表现的欣赏，几乎达到了击节赞叹的程度。但自从甜妮母亲突然死亡的情节出现以后，我的情绪起了变化。这一人物，由于你在小说前半部的艺术处理，给我留下了非常美好的印象，我很喜爱这个女人。她的自尽，使我感到非常意外，非常不自然。我认为这是作家的"惊人之笔"，不惜牺牲好容易塑造出的一个动人的形象。她的死，没有充分的外界和内心的来龙去脉，大祸几乎是天外飞来。这是作家为了技巧的施展，安置的一处"悬念"。这一技巧装置，招致的是得不偿失的后果。

是这样。因为这一关键性的情节的失当，使你后来的故事，几乎全部失去了作为艺术灵魂的，自然和真实的统一体系。后面的故事乱了套,失去了节奏,跳动起来,摇摆不定。

当然,这也可能是你追求的一种现代手法。不必讳言,我是不欣赏这种手法的。在小说的后半部,奶奶和甜妮的性格都变了,或者说"复杂化"了,和你前面为她们打好的形象基础,发生了矛盾和破裂。你所写的甜妮擦澡和嘲笑诗人的情节,我认为都是不必要的,是败笔,是当前流行的庸俗趣味,在你笔下的流露。

小说,以甜妮母亲的死亡为分界线,艺术反映是极不协调的。如果前半部的处理,是现实主义的,是典型的;那么后半部的处理,则与此背道而驰。如果有人认为后半部所写,也是真实的,也是典型的,那么小说的前半部,就要作出别的解释和判断。

我认为,在今天,即使在偏僻的角落,甜妮母亲的自尽,也不是典型的。而死后,撒在她坟墓上的洁白的荷花云云,就更近于文人的渲染了。

"悬念"这个词儿,过去我不大留意,近来读一些作家谈创作的文章,才时常遇到它。过去,我认为小说的悬念,不过是"欲知后事如何,且听下回分解",

章回小说的卖关子。现在才知道它是处理小说情节的一种流行的技巧。我没有这方面的实践,很难对它的功能作出什么评价。不过我认为,任何艺术,都以表现真实,顺应自然为主导。任何技巧,如果游离于艺术的自然行进之外,只是作为吸引读者的一种手段,其价值就很有限了。

贯通同志:鉴于你的真诚,我按照习惯,质直地说了以上的话。可能说得太多了,也可能有些地方说得过火了,希望你原谅。你的小说,是有自己的特色的,语言也简练洁净。我希望你发扬自己的优长,加强艺术上的现实主义修养,不和别人争一日之短长,不受流行庸俗之风的影响。你的创作是很有前途的,这不是我的凭空设想,你已经脚踏实地做出很多成绩来了。

祝

好!

孙犁

(一九八四年)十一月二十日

贯通同志：

十二月二十一日来信收到了。自从那篇通信发表以后，我也有些惴惴不安。特别是当一位搞评论工作的同志，看过我的信和你的小说以后，委婉地告诉我："当前的青年作家，都喜欢捧……"的时候。我和你只见过一次面，也不过几分钟的时间，对于你的性格脾气，很难说是了解。即使了解，你对这封信的临时反应，也是不能轻易确定的。我近来不好读自己发表了的东西，这次竟把原稿找出来，看过几遍。我没有发现其中有可能开罪对方之处，我放心了。但我发现这封信带有很激动的情感，不是在心平气和的时候下笔的。这种心气不平和，当然不是因为你的作品，而是因为信的前半部那些题外的话引起的，然而它一直延绵到对你的作品分析的那个领域去了。

在分析你的作品时，有些话就说得偏激了些。例如对甜妮母亲的死，话就说得太绝对了，本来可以说得缓和一些。我想到：青年人读到这里会是不愉快的。

我坦白地说，我和你的这次通信，是我在一九八四年，最有情感的一篇文章，我每次读它，心里都忍不住激动。这是因为在这封信里，我倾诉了一些我早就想说的话，借题发挥了我平时对一些事物的看法和想法。

好了，读了你的来信，知道你能体谅我的唠叨，容忍我的偏激，这很难得，因此，我应该对你表示感谢。

我有一个急躁性子，写了文章，就想急着发表，又在报社工作，所以有些文章出去得很快，其实这样并不好。文章写好以后，最好放一放，有个思考、修改的机会。这几年，因为文字的考虑不周，我已经得罪过不少人，得罪了人，就有报应，就得接受"回敬"，吃了不少苦头。文章，没有真挚的情感写不好，有了情感，又容易生是非，这是千古的一大矛盾。

总之，我读了你的来信，我松了一口气。你说，你要把小说改写一次。我希望你千万打消这个想法，不要这样做。这是不合艺术规律的举动，只能费力不讨好。原封不动放在那里，出书时一字不改地收进去，我劝你这样做。把精力用在写新的作品上。

任何人的批评意见，只能听听做参考，你说你的，我听我的，如果确实说对了，也只能在以后的创作中注意。何况，文章一事，别人的意见，哪里就容易说到点上。姑妄听之,并不算是不客气。我虽然好写评论文字,但从来没有给人家出过主意,叫人家如何如何去修改作品。"文心"二字,微妙难言,虽刘勰之作,亦难尽之。"文心"之难以揣摩,正如处子之情怀的难以洞照一样,别人最好不要自作聪明。

也常常听说,什么青年作家的什么作品,按照什么人的意见修改以后,成功了,出名了。我对这种事,总抱怀疑态度。

祝

好

孙犁

(一九八四年)十二月三十一日

致吴泰昌(一封)

泰昌同志：

二月二十四日惠函及书籍收到。甚为感谢。你送给我的书，都列为珍藏部分。

拙作小说(严格地说应该叫作小品)，《收获》将发五篇，近又投《人民文学》一篇，可见四月号。

《澹定集》印刷草率，编收亦欠斟酌，是个经验教训。

今天寄光明一首诗，如能发出，请你指正。

祝

好

犁

(一九八三年)二月二十七日

致房树民(两封)

树民同志:

寄来报纸,收到,甚为感谢。

千字散文,看了两篇。《南瓜小忆》一篇,写得很好,我喜欢这样的散文。它写的是作者的真实的经历和真实的感情。事情虽不大,但内容绝不限于南瓜,是对乡土、亲人,过去与现在的怀念和写照,具有一篇短篇小说的内涵。文字也很朴实。

《广福寺里的佛》一篇,则是写的一种社会现象,当今的一种民俗现象。虽然是一个小小角落的现象,也真实地表现了时代的特点,作者运用讽刺的手法也不错。

可见，个人感受，社会现象，都可以用简短的散文表现，而且可以表现得很充实，很有内容。

长文，短文，浮泛的写法和朴实的写法，一个报刊，提倡什么，都会对作者们发生影响。你们这样提倡朴素短小的散文的做法，我认为对改变散文的浮泛之风，会有好处。专刊标为"千字"，当然不一定都限在千字之内，只是提倡与内容相称的短小而已。过去课堂作文，限两小时，虽然死板一些，但训练学生构思集中，写短文，是有好处的。因为看了这两篇，感到高兴，就写了一些啰嗦的话，就正于你们。

黄秋耘同志已收到书，谢谢你。

祝

编安

孙犁

（一九八三年）十二月二十三日

树民同志：

收到来信并寄来的报纸，甚为感谢。你调动工作的事，我前几天就听到了。换个地方也好，新环境总会使人振奋一下。像我几十年蛰居在一个地方，实在不是办法。出版社现在的困难也很多，但慢慢会好起来，你和维熙同事，再好不过了。请代我问候他。

你好久没有写东西，现在是否还把笔拿起来，写小说一时如有困难，可写些散文、读书评论之类的文章，这和你看稿也有联系。总之，我希望不断看到你的文字。你的文字朴实而简洁，文法修辞，也有素养，我一向是很喜欢的。

祝

好

犁

（一九八五年）十月二日晨起

致杨栋(五封)

杨栋同志:

你寄来的四篇散文,我今天才看了。现寄还你保存。

我觉得《买书》、《谈电影欣赏》两篇比较好,因为这是你的直接感受,是真情,所以写得自然可信。两篇游记,写得也不错,但我觉得写得杂了一些,有求全的毛病。用词也有时重叠,不简练。

你的文思很敏,语言修养也有基础,以后可以再写得含蓄一些。有了深刻的感受,才能写出深刻的文章;泛泛地走走看看,也就只能写些泛泛的、面面俱到而没有新意的文章了。写游记，不能写出来像山水导游介绍一样。要着重写你有所感的那一部分。——这只是供你参考。

祝

好

孙犁

（一九八五年）十一月二十四日

杨栋同志：

七月四日来信及刊物均收到，甚为感谢。你们的刊物编得很好，我读了好几篇。

你的作品容我慢慢阅读。入夏以来，我所居环境很乱，什么也干不了。

希望你安心工作，什么事只有自己做出成绩来，才能得到客观的承认。而成绩是只有按部就班、任劳任怨才能做出来的。

我给你的那封信，还在《天津日报·文艺周刊》登过一次，因为有一段时间，"羊城"说稿子找不见了，这也是你的一个"奇遇"吧。

你收入有限，买书也要有个先后，不要贪多求全。

祝

好

孙犁

（一九八五年）七月十五日

杨栋同志：

收到你九月五日信，非常感谢。

关于住房，哪里谈得上卢梭的"退隐庐"，连想也没敢想过。我只是需要一个安静的地方。而安静二字，现在是越来越难说了。有时也想到山林，但人除了安静，还需要穿衣吃饭。比起衣食，安静就只能退居次要的地位了，所以我一直还住在这个人海里。

从这个城市中心到郊区田野，坐汽车也要走一个小时。一九四九年进城时，我是走进来的。现在如果有什么事情，我是绝对走不出这个城市了。一想到这里，就如同在梦中，掉进无边无际的海洋一样，有种恐怖感，室闷感，无可奈何感。

我的老家还有几间旧房。新近村里来信说，接连下了几场大雨，老屋就要倒塌了，侄子们打算分用那些木料。如果是这样，我的老家就是片瓦无存，回去也无立锥之地了。

市里对我的住房，也不是不关心。他们几次劝我搬到单元房，但我没有去。单元房上下干扰得厉害，我现在住的是平房，虽然老旧，四周嘈杂，上下还是可以放心的。当然还有雨漏之灾，狐鼠之患。

总之，我恐怕就要在这个地方寿终正寝了。

关于你要在十月份来看望我，如果你方便，我是很欢迎的。不过，我一个人生活，又有病，恐怕不能很好招待你。我不善交际谈话，会使抱有热诚之心的青年人失望。

你要带给我几十斤小米，这确实太多了。我一个人，每天熬一次粥，能用多少米？另外，这里离老家不远，亲戚们每年都给我捎小米来。我没有冰箱，小米好生虫，一到夏天，我就得端出端进，忙于晾晒。因此，如果你要带，十斤就算不少了。

抗战八年，我吃的山地小米不少，至今对山区农民的养育恩情，还没有丝毫报答，我想起来也是很难过的。我感谢你那当医生的爱人的拳拳之心。

希望你多读书，细读书，多跑路，写好文章，不断开创自己的新路。

　　祝

好！

孙犁

（一九八五年）九月十五日

杨栋同志：

　　前后来信及寄来各件均收到，甚为感谢。知你创作努力并丰收，甚为欣慰。

　　写信少，还是因为身体问题，今年春节平安度过，比去年好。然心脏仍不稳定，不敢过劳。

　　你有暇能否抄些我写给你的信来（没有发表过的）？以备编入我的书信集。

　　文集续编与前五本合印，名为珍藏本，不分卖，定价二百元，只印二千册，编号出售。

　　即祝

全家安好！

孙犁

（一九九二年）二月十九日

杨栋同志：

来信收见，你的朋友的文章，看过了，写得很好。当时我并不知道他也爱好文学。

文集虽号称珍藏本，实际出版社并不精心编校，结果如何，殊难逆料，他们并没有心思印这种不赚钱的书。提出印书已有三年，动手编辑，也一年有余，然无人负责，已发现丢三落四数次。所以只能出书后再议质量了。但机会难得，市里重视，也不好提什么了。

我上次只是告你这个出版消息，你一订就是两部，不知值得否？

我一切如常，心脏时有不适。去年年底，写了十篇小稿，正陆续在各处晚报发表，不知你能见到否？二月十七日《人民日报》有一篇散文。

祝你多读多写。并问候

全家安好！

孙犁

（一九九二年）三月三十一日

致谌容（一封）

谌容同志：

五月二十九日惠函敬悉。以后赐信，还是寄到我家里或是报社，由作协转信，有时很慢。

有些事，是越传越邪乎的。这几年，在我的方桌角上，倒是压着一张小纸条，不过是说，年老多病，亲友体谅，谈话时间，不宜过长。后来就传说，限在十五分钟，进而又说只限十分钟，其实不是那么回事。我不大轻信传言，即使别人的访问、回忆等等文字记述，有关我自己的，也常发见驴唇不对马嘴，有时颠倒事实。我看过常常叹气，认为载记之难，人言、历史之不可尽信,是有根据的。

你来时,我正写的文章,题目叫《耕堂读书记——读〈沈下贤集〉》。读书记,是我近年常写的一个题目。它不是创作,所以也谈不上打断,此文已经发表,现在寄上剪报一纸,是没有什么意思的。

因为自己已很久不写小说,近年来也很少看小说。你的小说,那样有名,我也没有认真去读过,这是很不应该的。当代作家的作品,总是有个机缘,我才偶尔读一些。

当收到你惠寄的大著《太子村的秘密》的时候,正赶上《收获》也来了,我一看上面有你的作品,不知为什么就要急于读这一篇。

我用了三个晚上,读完了你的中篇小说《散淡的人》。我读书的习惯是,不读则已,读起来就很认真,一个标点也不放过。你的作品,也是这样读完的,而且是选择安静、精神好、心平气和的时间读的。

名下无虚士,你的小说,写得真好。它能吸引人,我是手不释卷地读完的。

你用现实和历史交替的写法,完成这篇故事。杨子丰这个人物,写得饱满、完整,血肉充盈,神采飞扬。这并不是一个悲剧人物，当然也很难说，是个喜剧的人物。他的言语机锋，有很多名言谠论。这也是时代的产儿，幸而他没有夭折，完成了伟大的动荡时代的一个方面的证词。小说结尾之处，有余韵，有没有说完的，不易解答的问题，使我掩卷沉思。

谌容同志，原谅我，关于你这篇小说，我就谈这一些。这是我真实的读后感，或者说是读书记。我不是理论家，我厌烦烦琐的言辞，也不会写头头是道，五彩缤纷的文章。

但是，就这个机会，我还想和你谈一些题外的话。我读作品虽然很少，但也能发见，当代中、青年作家中，确不乏有才有志之士。他们严肃地从事创作，认真地思考问题。对时代，也可以说是对我们的民族，有一种赤诚，有一种信念。这种赤诚和信念，都饱含在他们的文字语言中间。创作方法，也可以说是创作风格，不会一样。一种是表象的写法，一种是内心的写法。前者是通过场景表现人物，包括服饰、饮食、起居方面的细微描写。故事紧凑，人物活跃，通篇有声有色，无懈可击。这种小说，我通常称之为规格的小说，来源于莫泊桑。这是精心细致做出来的小说。

写这种小说的人，不断采撷，不断写作，每隔一段时间，就完成一篇作品，很有规律，成为职业作家。

另一种小说，即第二种，是作者内心郁结，不吐不快，感情冲动，闻鸡起舞。这种写作，形式有时不完整，人物有时也有缺陷，但作者的真情实意，是不可遏止的。作品中有他的哲学，有他的血泪，有他的梦幻，读起来，谁也不能心平气和，不为之掬一把同情之泪。这种小说的根源，外国可找契诃夫，中国则是《红楼梦》。这种创作，常常是偶然的，难以后继的，是天籁，电光一闪。这不是做出来的小说，是个人情感和所遇现实碰击出来的火花。

当然，两种小说，也很难断然划开。先是写第二种，后来变为第一种，也是有的。而先写第一种的，却很少转为第二种。

这两者并无高下之分，由作家的气质、师承和爱好而定，前者倒可以说是小说的嫡传。在中国，茅盾的小说似前者，而鲁迅的小说似后者，不知你以为然否？等我慢慢再读一些你的作品，我们再详细讨论吧。

读完你的《散淡的人》，脑际萦绕，有不能已于言者，今晨三时起床，胡诌了以上几点。外面则雷电交作，大雨倾盆，这种氛围，最利于写作了。

  祝

好

孙犁
（一九八五年）六月十九日

致杨振喜(一封)

振喜同志:

前由郑法清同志转上致姜德明信稿一件,稿上有"蹈晦"字样,请改为"韬晦"为盼。

另,前不久我给康迈千同志写了一张明信片,如果方便,请从他那里复制一份,与前信一同刊出,不知你以为如何?

如一同发,则题式为:

芸斋短简

一、致姜德明

二、致康迈千

专此，祝

好！

孙犁

（一九八五年）十二月三日

致周尊攘（一封）

尊攘同志：

二月七日惠函，今日收悉。借知近况，非常高兴。

弟自去年以来，身体一直不好，今年初，又患重病一次，至今尚未恢复。文章一事，甚难言矣。但有成作，定当寄请指正。"文汇"文债，也是这个原因，一直未偿，如与嵇伟同志通信，望代解释为盼。

弟以年老，外出不便，远地旅行，更有困难，所以深圳是一时去不成了。

　　专复，祝

春安！

孙犁

（一九八七年）二月十三日

致李永生（一封）

永生同志：

昨日奉上一片，想已收到。

尊稿已看过，我以为写得很好，开辟了一些新路，发表了很多过去评论中没谈到的意见。我受益很大。

在文字方面，似可以再求通俗流畅一些，民族化一些，就是多运用一些中国传统论文的写法。

我的意见，也就是这些，请参考。五月下旬，我事务很多,身体也不好,就不必来了。

  祝

好

              孙犁

           (一九八七年)五月十七日

致侯军(两封)

侯军同志:

读过了你的来信,非常感动。看来,青年人的一些想法,思考,分析,探索,就是敏锐。我很高兴,认为是读了一篇使人快意的文章。

这并不是说,你在信中,对我作了一些称许,或过高的评价。是因为从这封信,我看到了:确实有些青年同志,是在那里默默地、孜孜不倦地读书做学问,研究一些实际问题。

我很多年不研究这些问题了,报告文学作品读得更少。年老多病,头脑迟钝,有时还有些麻木感。谈起话来，有时是词不达意，有时是语无伦次。我很怕谈论学术问题。所以，我建议：我们先不要座谈了，有什么问题，你可以写信问我，我会及时答复的。

关于你在这封信上提出的几个问题，我完全同意你的看法，你的推论，和你打算的做法。希望你以实事求是的精神，广泛阅览材料，然后细心判断，写出这篇研究文章。这对我来说，也是会有教益的。

你的来信，不知能否在《报告文学》上发表一下，也是对这一文体的一种助兴之举。请你考虑。原信附上备用。

祝

好！

孙犁

（一九八七年）十一月十三日

侯军同志：

八月七日大札奉悉。您对这本小书，如此用心，甚为感谢！希望您的文章写得圆满和成功。

我尚在病中，兹简复所提问题如下：

一、三十年代，"集体——执笔"这一写作方式很时髦，另，当时重视集体。可能开过一两次会，如写作前讨论一下提纲，及写成以后，征求一下修改、补充意见等。最后请通讯社主任刘平审阅等等。

可举另一例，我的文集中，有《怎样体验生活》一篇文章，文后列了五六位当时同事的名字，说是集体讨论，也是这个意思。

再《冬天——战斗的外围》一篇发表时，还署有曼晴的名字。而同时他写的一篇则也署有我的名字。这是因为当时在一起活动，表示共同战斗之意。

二、有关西班牙的一段文字，可能是有人提出意见后，加写的，可移到该节之后。取消是不合适的。

三、当时通讯社有些资料，其余可能是我那时有一些读书笔记小本子，从冀中带到山里。

四、通讯社可能还有几位老人在世。近年和我有联系的，只有张帆同志，他在北京中国新闻社工作。但我记不清他是否参加过讨论。

五、此次在《新闻史料》重印一下，其主要目的是严格校正一下文字，使它成为一个清本，便于今日阅读。所以，在审核内容、校正文字方面，务希您多加帮助。

六、至于大的形式及内容，以及"集体——执笔"均按原样，以存时代风貌。

七、我给你的字幅，我忘记是几句什么话，如果是搬家以前写的（一九八八年），则大多是抄自《诗品》一书。

专此，祝

夏安！

孙犁

（一九九一年）八月八日

致卫建民（两封）

建民同志：

五月十六日来信收到。

所问《白洋淀纪事》当时有无计划，初到延安，我写了《五柳庄纪事》（现在文集中有《村落战》一篇），好像未成一组。后写《荷花淀》，又称《白洋淀纪事》，对"纪事"一词，好像很有兴趣，也许是不便称为小说，是报道性质。当时也可能想写一组，但战争年代，什么计划也谈不上，不久日本投降，我就离开延安了。直到回到家乡，才又去白洋淀，写了《采蒲台》等数篇，就是"人文"后来出的《荷花淀》小书一册。我只在同口教了一年书,平日也不出校门。抗日故事是听来的,所以有人说,我的小说,"想象"成分多。其实,《荷花淀》等篇,是我在延安时的思乡之情,思亲之情的流露,感情色彩多于现实色彩。

我的一切如常。还是不愿写东西。书也读不下去;这可能是天气突然变热,心脏又不很安定所致。但无大碍。勿念。

即祝

全家安好!

孙犁

(一九九二年)五月二十日

建民同志:

刚刚收到您的来信,所论林纾,甚是。

解放后,我逛天津早市,见到地摊上有全部林译小说,都是花花丽丽的封面,书很新。当时,我还没有想当藏书家的念头,失之交臂。听说,商务印书馆的起家,也仰仗林译小说的出版发行,而且中国之有版权,也从林译开始。商务另一发祥,为印制译本《圣经》。其影响中国文化，至巨且远，推本求源，亦不能不念及林纾矣！

我读书无计划，不知由何引起而读何书。例如您复制林文来，我忽然想起我也有一本《续古文观止》，找出读了两天，并把顾炎武转引的一句话："士当以器识为先，一命为文人，无足观矣！"记在笔记本上。另外，从您寄来的古籍出版简报上，又记下苏轼的四句诗："著书多暇真良计，从宦无功漫去乡；惟有王城最堪隐，万人如海一身藏！"

开卷有益。不知何时可触动情思，即爆发读书乐趣也。

另，前几天得到一本《阅微草堂砚谱》，是柳溪同志送来的。因为沧州要出《纪晓岚全集》，她叫我当一名顾问，念在老同志面上，我不好拒绝。纪是她的先祖。这本砚谱，据说卖得很贵，当顾问，居然可以白白拿到一本，无怪有些人之热心于"顾"也。

每砚都有铭，有的一铭再铭，文字多可观。查纪氏文集，这些砚铭都编入。另有他的一些小用具，如刀剪之类，均有铭文，从中可看出纪氏生活和文字的风格，较之皇皇大文，尤为明显，是可贵的古代小品！

因为大意，前几天在凉台受寒，感冒了，又因不慎，腹泻数次，都及时吃药，好了。看起来，人老抵抗力弱，无论怎样注意，也难免出现变故。

祝

新年好！

孙犁

（一九九三年）十二月三十一日

致邓基平[①]（四封）

邓基平同志：

寄来各件均收到，甚为感谢。然所寄《小说选刊》（一九八七年第六期），并无大作在内，想系误取。

关于我的会，听说是十月份开，具体日子，我还不知。

题字事，斋名等我身体好一些，试写一张。书名，因有时间性，望能找另一位同志写一下。

我近日因搬家劳累，及不适应新环境，又犯腹泻，

---

① 常用笔名自牧。

精神委顿，简复希谅。

　　祝

近安！

　　　　　　　　　　　　　　　　　孙犁

　　　　　　　　　　　　（一九八八年）八月二十六日

基平同志：

　　先后来信及惠寄字幅书稿均拜收，甚为感谢！

　　我于三月份突犯眩晕旧疾，较重，一直休息，致稽奉复至以为歉。现身体已复原，望勿念。

　　已有几个月没有动笔，今后如何，实不可知。

　　你学习完了吗？收获一定很大吧？

　　祝

夏安！

　　　　　　　　　　　　　　　　　孙犁

　　　　　　　　　　　　（一九八九年）六月二十三日

自牧同志:

前后赐信,及惠寄《遵生八笺》一部,均收到,甚为感谢。此书很好,我正想去买。然书价昂,如系购来,拟将书款奉寄。

前寄《古今伪书考补证》一书,也很好,印得清楚。巴蜀印的这本,纸及油墨甚差,且有删节,非佳本也。此书收入四部丛刊,然已不易得矣。

关于出选集一事,因已出《耕堂散文》及《孙犁散文选》,再出牵扯很多问题,从长计议吧。我的文集续编未出版。

祝

好!

犁

(一九八九年)九月十三日

基平同志:

八月二十五日信敬悉。

《铁云诗存》很好,是研究刘鹗的重要小说史材料。

我自春节大病一场,近虽已稳定,然写作很少,偶有短文，则多发于"羊城"、"新民"及《光明日报》。结集出版的，只有"百花"印的《耕堂读书记》一种，亦系汇辑旧作而成。你那里如尚未得到，可来信，当托人奉寄。

今年天气闷热，于我身体甚不利，幸近已凉爽，可以说是闯过来了。

祝
安好！

孙犁

（一九九一年）八月二十九日

致曾镇南(两封)

镇南同志:

最近,我托人找来六期《作家》,通读了你写的关于我的文章。我感觉这是迄今为止,写得最有功力、最见匠心的著作。

有些人要写我,我总是劝他们去读我的作品,但他们对于读书,兴趣并不大,总是愿意和我谈。我又不好谈话,谈来谈去也无非是那么几句话。于是他们就根据别人写过的,已经存在记忆里的几条去论述,这样,就总是那么几点,没有新的途径,没有新的发见。

我觉得你的文章,完全得力于读书,读得细,读得认真,因此,有很多新的见解,新的内容。

读后,有一种感激之情,也有很多感慨。我本无什么可写,但同志们写作的热诚,我都是由衷感激的。

随信寄呈《无为集》、《芸斋小说》各一本请教。

我一切如常,只是日见衰老,无可奈何,近来只能写些短文章和读书记,想能见到。

恭祝

撰安!

孙犁

(一九九〇年)七月二十八日

镇南同志:

上午收到惠寄大作,饭后即一口气拜读毕。

以充沛的感情,作详尽之评述,加之以文采,此文论写作之三要素。兄作兼之,余不避嫌。惜不谈拙作之缺失耳。

前承问及,《青春遗响》一书,未出成。河南诗集,已无存者,现正编辑我的文集续编,均可收入,出版时当奉寄。

我一切如常,偶有小作,均在报章,想能见到。

即候

冬安!

孙犁

(一九九〇年)十一月二十七日

致刘宗武（一封）

宗武同志：

三月八日手示敬悉。

节前后蒙探问、送花等盛情，均铭感在心，十分感谢，并望代向学正、滕云、哲明同志等致以谢忱。

我的病近虽稍平稳，然身心仍很虚弱，尚在积极医治中，每日按时服药，请勿念。

鲁承宗写一稿来，并有致你的信，恐转去超重，俟你便时来舍下取去。稿件虽有些环境内容，然关于我的仍不太多。

葛文处文件，大多已有了，就不必急于去翻找了。

我想看的是《陈独秀书信集》，不要文存。身体不好，不多写了。

  即祝

春安并问候夫人好！

孙犁

（一九九一年）三月十日上午

致段华(一封)

段华同志:

来信收到,相片照得很好,我已经不带病容。

写了画论,我原计划写文论和史论,一翻书,不好写,就停了下来。现仍在看书画方面的书,《佩文斋书画谱》,打开捆起,捆起又打开,已有好几次了。每次打开,总多少读一些,才知道这确是皇家编纂的一部内容丰富的大书,不可等闲视之。因为很多书籍,仗它引述,现今才能见到。例如它引了沈括(《梦溪笔谈》作者)的一首图画歌,就非常有意思,证明沈括不只是科学家,还是艺术家。

新民登的《梅村家藏稿》,是一篇未完稿,原是想写吴伟业的,病前只写了一半,病后无力续之,就作为题跋发表了。现在已经有很多力不从心的现象。

再附小字幅一张,此曲系薛宝钗介绍给贾宝玉者,我写的容或有误,剧本是《醉打山门》。

弄好了,我想写一篇关于书法的读书记。

即祝

春安!

孙犁

(一九九四年)四月八日

致周翼南(一封)

翼南同志：

前蒙赐信，并惠寄大著，甚为感谢！

近日我重点读了您写的《妻子》。您的文章，写得自有风格，读起来有真切感，并有自己的幽默感。我很喜欢您的散文，也敬佩您的妻子，她的临事不惊这一特点，我早已在中国妇女身上发现。过去都说妇女识见不如男人，这是男人的自大之词。其实遇到灾难，还是女人表现得坚强，并有牺牲精神。这一观点，不知您同意否？

即祝

大安!

孙犁

（一九九四年）十一月十八日

致肖复兴(两封)

复兴同志:

六月二十二日大函敬悉。您写的文章,在《天津日报》刊出后,当天就读过了,写得很好。寄来的书也收到了。这两天正在读,我读书很慢,您难以想象,但我读得很细,这也是年轻人难以想象的。

您的回忆文章,使我得以了解您的身世。这很重要,了解一个作家及其作品,是一回事,分不开。不了解作家的身世,贸然谈论他的作品,是不妥当的。好像在街上,看人的面孔,总不会认识他的。

但据经验,作家的身世回忆,也有真实与否的问题，有的人在偶然的机遇下，成为名家，你就很难见到他真实的身世了。他的自传都带有传奇的成分，其作品之不可信，就可想而知了。

您的身世写得很真诚，使我感动，并愿意继续读下去。您的童年，无论如何，不能说是幸福的，使我伤感。

先写到这里。

日本女士的论文，我从中文字面看了一遍，还是很用功的。

天津昨夜下了雨。

即祝

编安！

孙犁

（一九九四年）六月二十五日

复兴同志：

您的信来得快一些，我发信，是托人代投，有时耽误。

您的书，我逐字逐句读完第一辑。其它选读了几篇。

在这本书中，无疑是《母亲》和《姐姐》两篇写得最好。

文章写得好，就是能感动人。能感动人，就是有真实的体验，也就是真实的感受。这本是浅显的道理，但能遵循的人，却不多，所以文学总是无有起色。

关于继母，我只听说过"后娘不好当"这句老话，以及"有了后娘就有了后爹"这句不全面的话。

您的生母逝世后，您父亲"回了一趟老家"。这完全是为了您和弟弟。到了老家，经过亲友们的商议、物色，才找到一个既生过儿女、年岁又大的女人，这都是为了你们。如果是一个年轻的，还能生育的女人，那情况，就很可能相反了。所以，令尊当时的心情是很痛苦的。

当年《文汇月刊》，我是有的，但因为很少看创作，忽略了。又不看电影。

这篇文章，我一口气读完，并不断和我身边的人讲，他们有的看过电影。

现在，有的作家，感受不多，而感想并不少，都是空话，虚假的情节，虚假的感情，所以我很少看作品了。

谢谢您给我一个机会,得读了这样一篇好文章,并希望坚持写真实。不断产生能感人的文章。

即祝

暑安!

孙犁
(一九九四年)七月四日上午

致彭荆风(一封)

荆风同志：

十一月二十六日大函敬悉，前信亦收见，十分感谢您的盛情。

报社信转来较晚。我又考虑：您冬季旅行，诸多不便，我年老多病，一个人生活，您来了，不能很好招待。故此，迟复了几日，想您早已离滇赴京。有事可来信联系。希望谅解。

我的家庭地址：天津鞍山西道学湖里16－2－301，邮编300192。

即祝

大安！

孙犁

（一九九四年）十二月七日

致刘运峰(一封)

运峰同志：

五月二十二日大函奉悉，承告知张教授著作书目，甚为感谢！

我年老多病，写作已很少，偶尔为之，也是为的消遣。今后仍希多多赐教。

即祝

大安

孙犁

（一九九五年）五月二十五日

第三辑

致李蒙英(一封)

蒙英同志：

二月二十七日惠函敬悉。

你的热情的奖掖，使我非常感动。近两年来，我因为不能进行其他体裁的创作，写了这些散文，自己并不满意，也生怕不能为现在的读者和编者所理解。它们所表现的是我们这一代人的心情，而我们这一代人，老实说已经寥寥无几。

但是，我从来不能用言不由衷的形式写作，所以只能写成这样，以便抒发一下自己的胸臆。你如此深刻地去理解它，所以使我感动。

我不要求很快出书，只是希望能把校对工作做好，使它在出书后，没有过多文字上的差错。近年来，我对编辑和校对工作，非常不放心，这可能是我的过虑。读了你的信，我知道你在各方面的修养都是很好的。以上所说，确是我的过虑了。有时间，希望到舍下来玩。

你们那里有位刘燕及同志吗？我曾收到她（？）一封热情的信，因不知她确实通讯处，致延迟未复。如你们能见面，望代我问候她。

《黄鹂》一篇散文，你们那里有稿子吗？它要在三月份的《运河》上登出（通县办的）。祝

好！

孙犁

（一九七九年）二月二十八日

致李屏锦(两封)

屏锦同志:

九月五日函敬悉。

所提两点意见甚好,按年月编排一次甚佳。手头只有"三录"重稿一份,寄上,其余只好请你们分神抄录一下。抄一次发排,易增错字,校对时应注意。最后清样,希寄我看一次。

这类稿子,只有这些,现在也不能续写。字数太少,确实是一困难。我还有些杂稿,如《耕堂函稿》、《善闇室纪年》等,但字数亦不多,附在后面,亦不伦不类,我看你们再研究一下,能否印成一本小书,如确实不能,我们再共同想法。总之,实事求是,不必

客气为好。专此

　　祝

好

孙犁
（一九八〇年）九月七日

屏锦同志：

　　不知你已从上海回社否？

　　兹寄上淮舟代抄来文稿四篇。我意想编入《烽烟余稿》内，请你们看看，是否可以。

　　另前谈代上海作家题书面一事，我近来身体不好，精神亦差，实在写不好，恐惹人笑话，望找一能写字的同志写吧。我的书的题字，也望代找一位同志写一下，我不写了。至希谅鉴。

　　专此，祝

好

孙犁
（一九八〇年）十一月二十四日

致姜德明（五封）

德明同志：

十一月四日惠函敬悉。剪报亦收见。

你这篇文章登出当天，邹明同志就拿来叫我看了。他很高兴，说："这比登十天广告还有效！"足见你对我们支援之力。

兹再寄上杂谈一篇，当续写。

我近日赶写两篇散文，为别的刊物。

对于贾平凹近日散文，你所见甚是。这两天我读了他两篇散文（一在《天津日报》，一在《人民日报》），都觉有空虚之感。青年同志们，爱上什么是执著的，过一个时期，自己会觉悟过来，则能改弦更张。而前期之作，亦非为空费力气。你也可以写文与之从容商讨，促其考虑。

昨晚并读《寻访画儿韩》小说，文字流畅，情节有出人意料之处，颇能引人入胜。然结尾写解放来文物专家的生活遭遇，则甚一般而泛泛。颇使我对此文有本末倒置之憾。如着重写解放后，其社会意义将更大。目前之文，则京华之街谈巷议材料耳。不知阁下以为然否？

祝

好

孙犁

（一九八〇年）十一月五日

德明同志：

十二月十六日长函奉悉。所谈深得我心，读后非常快慰。

这些年来，我为文章，是从来不碰当前所谓青年作家的，偶一涉及则系我素日尊重之作者及爱重之作品，例如贾平凹、周克芹、李志君等。纯是良好用心，并有知己之想。所以我认为触动"那一帮"人的，主要还不是论抒情那一篇，而是论"唬人"那一篇。这一篇摘引了他们的命根子，但不能指实，所以就在那一篇上发言了。

我对任何作者，无个人恩怨，但颇看不惯一些人的做法，他们把文坛弄成了官场、交易所、杂巴地，卑鄙浮浅，使人气恼。现在有些人，以保护青年作家的面目到处巡逻，谁不和他们同流合污，则被指斥为苛求，为嫉妒。近《鸭绿江》有人著文，好像一切文学家都在抄袭，并列举都德鲁迅为例。果尔，小说为什么还叫创作，不干脆呼之为"抄袭"？其实抄袭与否，只要公布两方面的作品，则三尺童子皆可审度判明。既不准公布事实真相，又在那里大做文章，指摘揭发者为嫉妒，天下之黑白混淆，根源皆在这里。

我以为现在拿着保育院的手绢，给青年们擦眼泪的人，很可能就是过去惯于挥舞棍棒的人，随着形势，变化其手中的武器罢了。

我近日写了三篇所谓小说，总题为《芸斋杂记》，白话小说而后系以文言跋尾，就像《聊斋志异》的"异史氏（公）曰"，已投寄一家刊物，如能登出，希望你能看看，但也很有可能登不出来的。

今日天津大雪，几及尺，甚快。

祝

好

孙犁

（一九八二年）十二月十八日晨

德明同志：

那天有些话，未及谈完：

一、许姬传曾给我写过一信，八行朱栏宣纸笺，字体娟秀，格式讲究，我一直保存，拿给青年人看，作为老成典型。可惜我荒疏惯了，只给人家回了一张明信片。他是从你给他的一张《天津日报》，看到我写的关于王国维的文章，才写信来的。我把该文的全部寄给了他，他看我外行，回信就也用钢笔短简了。

二、杨宪益，如你同他熟识，闲谈时可问问他，三十年代之初，是否在保定育德中学教过短时间的高中班的英文？我记得当时有一位老师教英文，好像是这个名字。我以前曾问过外文出版社的一个同志，她说从年龄上看，恐怕不是他。

以上都是"闲话"。

所赠字帖甚佳，正在阅读。

祝

好

犁

（一九八四年）十二月十五日上午

德明同志：

天津已经买不到明信片，十来年的习惯，只好改变一下。邮局不再出售此物，恐与不能获利有关。

十一月一日惠函，今天上午收到。给"文汇"的那篇稿子，原有十节，不知为什么，只摘编了其中四节短小的，另加号码登出。使读者不知我为什么在晚年时，如此广为树敌，一段文章得罪一家刊物？其余六节，文字都较长，也都是泛泛讨论学术，却没有了下文。去信问余仙藻同志，也未得到回话。近年投稿，还没有遇到过这种情况，徒唤奈何。如果只是此四节，我哪里会预先给你去信！

今年是我的本命之年，又是中国民间常说的一个

"坎",事情多不顺利。我每日都处在一种韬晦求安的心情中。文章也写得少了,确实觉得也没什么好写的了。回忆已经陆续写完,琐谈已无话可说,至于文艺评论之类,因很少阅读作品,也以为少讲为好。真像遇到一个坎一样,心情大不似前几年了。

正在考虑死后,书籍如何处理的事。所以也不再买书了。但每天晚上,还是读一些,碰上什么就是什么,多是旧书。最近《蓝盾》编辑部,送我一部《三希堂法帖》,对写字我也兴趣不大,草字又不能读。好在前些年,我在北京买了一部《释文》,读读书法家的尺牍。觉得古人写信,虽简短,多应酬,却也真有动感情的地方,也能表现处世交友之道,也反映不同的社会风气与士大夫的风格。宋人和元明人,就有很大不同。

祝

好

孙犁

(一九八五年)十一月三日晚

德明同志：

大函及小报收到，甚为感谢！

"翻检旧藏"，实有同感。您还能出去跑跑，买不到好书，也算旧梦重温。我是连去逛逛，也不可能了。我也真不想去逛，天津古文化街，我一次也没去过，我估计一切均非昔比。近日又有人送我一本《琉璃厂小志》，翻了翻，那上面所记所述，真正要成为历史文献了。社会已经没有了那种基础，也不会再现那种气氛和情调。您如果还是抱着那种心情去逛琉璃厂，那就只有悲哀了。

不去买新书，就只能整理旧存，近日无事就站在书柜面前，观察旧日包捆所用报纸，如已发黄或尘土太多，则取出，重新包捆之，换下的报纸，多为一九七四年，上面文字则为批林批孔。计算一下，上次包捆到现在，已历二十年，其购书之年，当又远些。

工作之间，也看一些，没有系统。发现有些书，现在就印不来，例如《涵芬楼烬余书录》，线装五册，高级粉连纸，行格疏朗，字体四号，小注五号，悦目非常。现在，就卖一百元，也印不成这个样子，而当时定价，只合现今五元。

即祝

近安!

孙犁

(一九九四年)一月十四日

致曾秀苍（一封）

秀苍同志：

大作《山鸣谷应》及来示，奉悉已久。今年我身体一直时好时坏，诸事荒废。大作读了一部分，觉得其优长之处，一如"太阳"，其稍有不足之处，是在洄溯及倒叙部分，仍显枝节，略有痕迹。长篇小说，此点实难解决。如以树之发长为喻，主干之外，另生婆娑之姿，植物则固美好矣，然作为小说，则不易收拢。譬之为河流，虽有支流，然皆灌注于主流，最后统一入于海洋，于长篇小说，最为切当。《水浒》之写法，最为典型，无枝蔓之弊。然其以人为个体，吾辈不易仿之。结构之难,弟常以为苦。兄之大作,不过略存未修剪之处耳。

孙犁

(一九八〇年)十一月二十九日

致张雪杉(一封)

雪杉同志:

大作,我每辑看了一部分,觉得诗都很好,并看出你在作诗上的刻苦努力。

如果说到缺点,你的诗理智多了一些,情趣少了一些。

由于目前种种与你无关的原因,序文是不能写了。这一点,使我很不安,并望你能谅解。

《尺泽集》付排以前,我不看了,你交厂吧。清样出来,我再看。

因我这里事杂,恐误河北省出版之期,故请邹明同志将诗集稿奉上。

　　祝

好

孙犁

（一九八二年）七月二十六日

致马秀华(一封)

秀华同志:

你先后写来的信,都收到了,甚为感谢。

你的两篇创作,寄来快两个月了,我杂事多,身体又不好,放了很长时间,很觉不安。今天下午,雨后凉爽,一口气拜读了,很是高兴。我尤其喜欢《坏五头管水》这一篇,语言生动流畅,故事情节自然有趣。《二桂嫂》是另一种写法,或者说是新小说的写法,也是很有生活基础的,但因为有两处倒叙,读起来就没有第一篇自然了。中国故事的写法,外国小说的写法,都可以运用,也可以互相吸取。但我觉得,你的特长之点，还在运用中国传统的手法，因为你的群众语言的基础很好。有这种基础，同时也证明你有生活的基础。

希望你在编辑工作之余，努力深入生活，多多创作！

祝好

孙犁

（一九八二年）七月二十八日晚

致冯立三(一封)

立三同志:

惠函敬悉。入冬以来,身体不适,事务亦多,每天坐不下来,小说虽放置案头,也只是每天晚上阅读一二章。进度太慢,恐误事,有负你和李凖同志的嘱托。然此种情况,一时不能改变,犹豫多日,只好早些告知,求得谅解。我仍当努力进行,实不能预料结果如何耳。现在看来,任务重在读书,而不在写文章。然读书可是不能马虎的,请将此情况,便中向李凖同志透一透,无任感谢!
  祝
编安

           孙犁
        (一九八四年)十二月十日

致何流(一封)

何流同志：

四月十日大函及剪报收到，甚为感谢。

那篇文字，确是抄袭，是明目张胆的抄袭，也是拙笨的抄袭。他只是把个别字句变了一下，如把"参军"变为"致富"，把"编席"变为"编筐"。

但要我"站出来，说几句话"，我看就不必了。我一贯反对抄袭，也常说：青年人初弄文字，偶一犯之，也难避免，明白以后，不再犯也就是了。我也一贯不赞成，明明是抄袭，却想出些道道替他开脱，如"套用"呀，"偶合"呀。因为文字是否抄的，是一眼就可以看出的，越开脱越不带劲。对谁也没有好处。

至于编辑为什么看不出来，也是情有可原的，例如天下文章多，编辑哪里都记得住？大手脚的从外文抄，小手脚的从旧书刊抄，都以为是人们所不易发现的。这位同志则笨一些，抄现行课本上的，你是当老师的，一眼就看出来了。编辑同志可能没读过被抄之作，也可能是读过忘记了。这也说明：我的作品，没能做到家喻户晓，深入人心。我们都予以原谅吧。我看了以后，最初觉得有趣：抗日战士一下变为致富能手。最后觉得抄袭之风，总刹不住，是有很多原因的。好在这也不影响国计民生，对我也不算什么损失。希望这位同志也作为一次"失误"，慢慢觉悟吧。我年老多病，什么事情也淡然了，所谈如有不妥之处，望你多体谅。

祝

教安！

孙犁

（一九八六年）五月二十一日

致万振环（四封）

振环同志：

今天下午读了你的两篇"往事的回忆"——《虔诚》和《菊妹》。按其结构来说，都可以称作小说，虽然都是你亲身的经历和见闻。

小说以描写、叙述、对话为主，而构成篇章。在这三方面，我认为你都做得很好。语言不烦絮，叙述简洁，描写也适当。在文字上的修养，你都是有很好的基础的。

最主要的是你的思想修养和感情表现，是高尚的，不是庸俗的；是真诚的，不是虚伪的。无论是散文或小说，这都是作品的精髓所在，表现作者的气质和修养，是出于天生的，也即是自然的，想掩之而不得，想矫饰亦不可能的。

所以说，你的写作是有前途的，应该多写一些。主要是写真实的东西，包括取材和叙事。

两篇的结束处，真有些蛇足之感。前者结尾，两个男子的表现，是多余的部分；后者的结尾则为说教了。文章正文，事实已足以说明问题，就可不必再加这一段了。

因为精力，只选读了这两篇，并提些可能是不着边际的意见，请你原谅。剪报托报社挂号寄还。

祝

好

孙犁

（一九八五年）六月十一日

振环同志：

前后来信及寄来报纸均收见，非常感谢！

发表的拙作，几乎没有错字，这一方面是你们校对工作细致，另一方面是你对我的行文和字体，都比较熟悉了，这是很使人高兴的事。

《照相续谈》中有一句："官衔高而得奖重者……"重字排为金字，这是因为我写的"重"字很像"金"字，文义上也讲得通，所以并不算错。

我近来身体又不大好，没写文章。所以恐怕要空一个时期，才能给你寄东西去。那两篇稿子，也没有时间性，早发晚发，是没有要紧的。

祝

编安

犁

（一九八六年）五月十六日

振环同志：

四月七日来信、大作、报纸收到，甚为感谢。大作当即拜读。文字益见质朴通达。至于处世，仍希以文中所述志向，作为主导。

此次拙作，漏去一个小标题：《我最佩服的人》。

此，无关重要，不要更正。漏去亦有原因，我把小标题写在了稿纸边缘。

前寄去《我的仗义》一节，因前边文章已一次登出，只此一节，就太单薄，可先放一放，或把正标题改为副标题刊出，均可。请您酌定。

近日，我身体又不大好，一时恐寄不出稿件。

祝

全家安好！

犁

（一九九二年）四月十六日

振环同志：

昨天下午，大光交来惠赠礼品，及前来贺信，均收到，甚为感谢！

我没有过生日的习惯。今年考虑到身体情况，事先已通知亲友，不过生日。然报社同人，仍来聚会一下，并照相留念，也算热闹一时了。

我一切如常，但无情绪写作。那篇短稿，先放一放，等我再写了，一同发表为好。

即祝

全家安好！

孙犁

（一九九二年）五月十四日

致季涤尘(一封)

涤尘同志:

顷奉十一月二十四日大函。

一、《老荒集》后面的一集名《陋巷集》,数月前已交百花,再下一集,如能成书(老了,写东西很少),届时当与您商议,由贵社印。

二、我很少接近青少年,对他们的思想感情不了解,文章写不成了。

三、贵社前几年印的古典小说《儿女英雄传》一书，贵社如有存书，望代购一部。如已无，就算了。
　　祝
近安！

孙犁

（一九八六年）十一月二十八日

致单三娅(一封)

三娅同志:

十一月九日信收见,陆续寄赠的报纸,也都收到,甚为感谢!那两篇小说,蒙你认可,我很高兴。其实写得不好,又容易得罪人,所以今后不愿多写了。不过,其中的事情、人物、情感,都是真实的,无所夸张,也无所掩饰的。

近来,没有写散文,有两篇悼念朋友的文章,在《天津日报》发表了。有了散文,我会给你寄去的。

祝

编安!

　　　　　　　　　　　　　　犁

　　（一九八七年）十一月十四日

致杨坚（一封）

杨坚同志：

十二月十三日大函及赠书，又一信及《船山全书》出版说明，均拜收，甚为感谢！神话一书，印得华贵典雅，为近年罕见之出版物，且为甚有用之书。您的译文，畅达秀美，尤为难得。得此厚赠，十分高兴。

《船山全书》出版说明，也读过了，拟定得很好。这是一件大工程，要花费不少力气的。但能出版一部信实可靠之本，对学术界的贡献，也是很可贵的。

  即祝

编安!

          孙犁

      (一九八七年)十二月十九日

致刘梦岚(一封)

梦岚同志:

前后两信都收到了。这一程子,我一直准备搬家。最近已经到了关键时刻,忙乱得不可开交。我在云游中,度过了前半生。那些年,每当早晨起步的时候,从来不考虑晚上睡在谁家的炕上。现在老了,想的是安静二字,这在当前,又谈何容易!

得知贵报四十年大庆,我衷心地向你们祝贺!几十年来,我在你们的副刊发表了虽然不是很多,也算不少的文章。就是说占了副刊不少宝贵的篇幅,得到了你们的热情关怀,我们之间建立了工作友谊。对我来说，是很值得纪念和感谢的。

你们的工作，是严肃认真的。例如我在副刊发表的芸斋小说，其中一篇，删去三百字。我看了以后，觉得删了比不删好，在结集出书的时候，就按你们的样子发排了。现在，"文章赏析"这一名词很流行。但文友之间，编辑和作者之间，真正的、有见地的、大公无私的分析和讨论，是太少了。有时使人感到寂寞。

写文章，谁能下笔千金不易？有时感情冲动，有时意马心猿，总会出现一些枝蔓。编辑能够看出来，能够认真地给他改正，他不会不服气的。

我希望你们继续保持这种严肃作风，这是对谁都有好处的。

梦岚同志，如果你认为可以，就把我这封短信，作为对副刊的祝贺吧！

　　祝

编安

孙犁

（一九八八年）六月七日

致黄伟经(一封)

伟经同志：

七月二十五函敬悉。

这几天我正在搬家，很乱，手下也没有稿子。俟安顿下来以后，定当寄些东西去。

《随笔》编得很好，每期我都看。

现在有内容，即言之有物的散文太少。随笔的文章，还都是"合为时而作"的。即祝夏安！

孙犁

(一九八八年)八月三日

致邹明(一封)

邹明同志:

自迁入新居,我们就很少见面。近又得知你身体不适,甚为挂念。望积极医治,安心调养为盼!

值此《文艺》双月刊创刊十周年之际,谨向你们表示祝贺!

你要我谈一些想法。我没有新的想法,只有旧的想法:

作为园地,双月刊应继续以选登初学写作者,虽非初学、但尚不很出名的作者,已经有名、但在目前并不走红的作者——这些人的作品为主。

不强向时代明星或时装模特儿那样的作家拉稿。

不追求时髦；不追求轰动；不以甚嚣尘上之词为真理；不以招摇过市之徒为偶像。

作为内容，这片园地里，种植的仍是五谷杂粮，瓜果蔬菜；作为形式，这个刊物，仍然是披蓑戴笠，荆钗布裙。

每期前面，可以增加一二页文艺短论式的文章，这样，比只登创作，更活泼一些。

编辑部的青年同志，要叫他们进修文化，多读一些文学作品的选本。读一些文法、修辞、标点符号方面的书。

至于我，衰年多病，提笔忘字，很难为你们写一点像样的文章了。近来，深以仍挂名文场，感到不安，这种心情，我想你是能理解的。

祝你早日恢复健康！

孙犁

（一九八九年）九月二十二日

致罗雪村(一封)

雪村同志：

 接奉五月四日大函，甚为高兴。肖像画得很好，摄影亦佳。兹在小幅签名寄还留念。

 藏书票的创作，尤为欣赏，望再印寄若干张，以便贴在我珍贵的藏书之上。再次感谢！

 即祝

编安！

孙犁

(一九九四年)五月六日

致刘绍棠（一封）

绍棠同志：

我生日期间，您赠送的《古寿千幅》一册，著作四种，均拜收领，十分感谢。您发表的文字，也都阅读。文章写得都很好。

此次大病，全由我平日不去医院检查，延误所致。非常危险，幸遇名医，得以存活。然元气大伤，至今仍非常虚弱。预计要半年以后，方可平复。

手术后，饮食情况，大有好转，这是好现象。

近年来，您写作十分努力，成绩斐然，实可庆贺。然仍需劳逸结合，以利长期战斗。亟应注意休息，是盼。

知关注,近稍能写字,即报告如上,以免挂念。

即祝

全家安好!

孙犁

(一九九三年)九月十九日

散文新编